曼殊斐尔小说集

[英] 曼殊斐尔 著
徐志摩 译

回望徐志摩

罗烈弘 陈武 主编

徐志摩纪念馆 Xu Zhimo's Memorial Hall

中国文史出版社

图书在版编目（CIP）数据

曼殊斐尔小说集 /（英）曼殊斐尔著；徐志摩译
. -- 北京：中国文史出版社，2021.12
（回望徐志摩）
ISBN 978-7-5205-3237-2

Ⅰ. ①曼… Ⅱ. ①曼… ②徐… Ⅲ. ①短篇小说—小说集—英国—现代 Ⅳ. ① I561.45

中国版本图书馆 CIP 数据核字 (2021) 第 201602 号

责任编辑：金　硕　刘华夏

出版发行　中国文史出版社
社　　址　北京市海淀区西八里庄路 69 号院　邮编：100142
电　　话　010-81136606 81136602 81136603 81136605（发行部）
传　　真　010-81136655
印　　装　阳谷毕升印务有限公司
经　　销　全国新华书店
开　　本　880 × 1230　1/32
印　　张　5.625
字　　数　146 千字
版　　次　2022 年 3 月北京第 1 版
印　　次　2022 年 3 月第 1 次印刷
定　　价　48.00 元

目　录

CONTENTS

园会

那天的天气果然是理想的。园会的天气，就是他们预定的，也没有再好的了。没有风，暖和，天上没有云点子。就是蓝天里盖着一层淡金色的雾纱，像是初夏有时的天气。那园丁天亮就起来，剪草，扫地，收拾个干净，草地和那种着小菊花的暗暗的平顶的小花房儿，都闪闪的发亮着。还有那些玫瑰花，她们自个儿真像是懂得，到园会的人们也就只会得赏识玫瑰花儿，这是谁都认得的花儿。好几百，真是好几百，全在一夜里开了出来，那一丛绿绿的全低着头儿，像是天仙来拜会过它们似的。

他们早餐还没有吃完，工人们就来安那布篷子。

“娘，你看这篷子安在哪儿好？”

“我的好孩子，用不着问我。今年我是打定主意什么事都交给你们孩子们的了。忘了我是你们的娘。只当我是个请来的贵客就得。”

但是梅格总还不能去监督那些工人们。她没有吃早饭就洗了头发，她戴着一块青的头巾坐在那里喝咖啡，潮的黑的发卷儿贴在她两边的脸上。玖思，那蝴蝶儿，每天下来总是穿着绸的里裙，披着日本的花衫子。

“还是你去吧，老腊，你是讲究美术的。”

老腊就飞了出去，手里还拿着她的一块牛油面包。

她就爱[①]有了推头[②]到屋子外面吃东西，她又是最爱安排事情的，她总以为她可以比谁都办得稳当些。

四个工人，脱了外褂子的，一块儿站在园里的道儿上。他们手里拿着支篷帐的杆子，一卷卷的帆布，背上挂着装工具的大口袋儿。他们的神气很叫人注意的。老腊现在倒怪怨她自己还拿着那片牛油面包，可是又没有地方放，她又不能把它掷了。她脸上有点儿红，她走近他们的时候，

① “爱”字疑为衍文。
② “推头”是海宁方言，借口的意思。

可是她装出严厉的，甚至有点儿近视的样子。

“早安，”她说，学她娘的口气。但是这一声装得太可怕了，她自己都有点儿难为情，接着她就像个小女孩子口吃着说，“嗄——欧——你们来——是不是为那篷帐？”

“就是您哪，小姐，”身子最高的那个说，一个瘦瘦的，满脸斑点的高个儿，他掀动着他背上的大口袋，把他的草帽往后脑一推，望下来对着她笑，“就是为那个。”

他的笑那样的随便，那样的和气，老腊也就不觉得难为情了。多么好的眼他有得是，小小的，可是那样的深蓝！她现在望着他的同伴，他们也在笑吟吟的。“放心，我们不咬人的。”他们的笑像在那儿说。工人们多么好呀！这早上又是多美呀！可是她不该提起早上，她得办她的公事。那篷帐。

“我说，把它放在那边百合花的草地上，怎么样呢？那边成不成？”

她伸着不拿牛油面包的那只手，点着那百合花的草地。他们转过身去，望着她点的那面。那小胖子扁着他那下嘴唇皮儿，那高个子皱着眉头。

“我瞧不合适，”他说，“看得不够明亮。您瞧，要是一个漫天帐子，”他转身向着老腊，还是他那随便的样子，“您得放着一个地基儿，您一看就会嘭的一下打着您的眼，要是您懂我的话。”

这一下可是把老腊蒙住了一阵子，她想不清一个做工的该不该对她说那样的话，嘭的一下打着你的眼。她可是很懂得。

“那边网球场的一个犄角儿上呢？”她又出主意。“可是音乐队也得占一个犄角儿。”

“唔。还有音乐队不是？”又一个工人说。他的脸是青青的。他的眼睛瞄着那网球场，神气看的怪难看的，他在想什么呢？

“就是一个很小的音乐队。”老腊缓缓地说。也许他不会多么的介意，要是音乐队是个小的。但是那高个儿的又打岔了。

“我说，小姐，那个地基儿合适。背着前面那些大树。那边儿，准合适。”

背着那些喀拉噶树。可是那些喀拉噶树得让遮住了。

它们多么可爱，宽宽的、发亮的叶子，一球球的黄果子。它们像是你想象长在一个荒岛上的大树，高傲的，孤单的，对着太阳擎着它们的叶子、果子，冷静壮丽的神气。它们免不了让那篷帐遮住吗？

免不了。工人们已经扛起他们的杆子，向着那个地基儿去了。就是那高个儿的还没有走。他弯下身子去，捻着一小枝的拉芬特草，把他的大拇指与点人指放在鼻子边，嗅吸了沾着的香气。老腊看了他那手势，把什么喀拉噶树全忘了，她就不懂得一个做工人会注意到那些个东西——爱拉芬特草的味儿。她认识的能有几个人会做这样的事。做工人多么异常的有意思呀，她心里想。为什么她就不能跟工人做朋友，强如那些粗蠢的男孩子们，伴她跳舞的，星期日晚上来吃夜饭的？他们准是合适得多。

坏处就在，她心里打算，一面那高个的工人正在一个信封的后背画什么东西，错处就在那些个可笑的阶级区别，枪毙或是绞死了那一点子就没有事儿了。就她自个儿说呢，她简直的想不着什么区别不区别。一点儿、一子儿都没有……现在木槌子打桩的声音已经来了。有人在那儿嘘口调子，有人唱了出来，“你那儿合适不合适，玛代？”“玛代！”那要好的意思，那——那——她想表示她多么的快活，让那高个儿的明白她多么的随便，她多么的瞧不起蠢笨的习惯，老腊就拿起她手里的牛油面包来，狠劲地啃了一大口，一面她瞪着眼看她的小画。她觉得她真是个做工的女孩子似的。

“老腊老腊，你在哪儿？有电话，老腊！”一个声音从屋子里叫了出来。

“来——了！”她就燕子似的掠了去，穿草地，上道儿，上阶沿儿，穿走廊子，进门儿，在前厅里她的爹与老利正在刷他们的帽子，预备办事去。

“我说，老腊，”老利快快地说，“下半天以前你替我看看我的褂子，成不成？看看要收拾不要。”“算数。”她说。忽然她自个儿忍不住了。她跑到老利身边。把他小小的，快快地挤了一下。“嗄，我真爱茶会呀，你爱不爱？”老腊喘着气说。

“可——不是，”老利亲密的、孩子的口音说，他也拿他的妹妹挤了一下，把她轻轻地一推，“忙你的电话去，小姐。”

那电话。“对的，对的，对呀。开弟？早安，我的乖。来吃中饭？一定来，我的乖。当然好极了。没有东西，就是顶随便的便饭——就是面包壳儿，碎 Meringue-Shells 还有昨天剩下来的什么。是，这早上天气真好不是？等一等——别挂。娘在叫哪。”老腊坐了下来。

“什么，娘？听不着。”

薛太太的声音从楼梯上飘了下来：“告诉她还是戴她上礼拜天戴的那顶漂亮帽子。”

“娘说你还是戴你上礼拜天戴的那顶漂亮帽子，好。一点钟，再会。”

老腊放回了听筒，手臂往脑袋背后一甩，深深地呼了一口气，伸了一个懒腰，手臂又落了下来。“呼”，她叹了口气，快快地重复坐正了。她是静静的，听着。屋子里所有的门户像是全打得大开似的。满屋子只是轻的、快的脚步声，流动的口音。那扇绿布包着的门，通厨房那一带去的，不住地摆着，塞、塞地响。一会儿又听着一个长长的、气呼呼的怪响。那是他们在移动那笨重的钢琴，圆转脚儿擦着地板的声音。但是那空气！要是你静着听，难道那空气总是这样的？小小的、软弱的风在闹着玩儿，一会儿望着窗格子顶上冲了进来，一会儿带了门儿跑了出去。还有两小点儿的阳光也在那儿闹着玩，一点在墨水瓶上，一点在白银的照相架上。乖乖的小点子。尤其是在墨水瓶盖上的那一点。看得顶亲热的。一个小小的、热热的银星儿。她去亲吻它都成。

前门的小铃子丁的丁的响了，接着沙第印花布裙子窸窣地上楼梯。一个男子的口音在含糊地说话，沙第答话，不使劲的："我不知道呀。等着。我来问问薛太太。"

"什么事，沙第？"老腊走进了前厅。

"为那卖花的，老腊小姐。"

不错，是的。那边，靠近门儿，一个宽大的浅盘子，里面满放着一盆盆的粉红百合花儿。就是一种花。就是百合——"肯那"百合，大的红的花朵儿，开得满满的、亮亮的，在鲜艳的、深红色花梗子上长着，简直像有灵性的一样。

"嗄——嗄，沙第！"老腊说，带着小小的哭声似的。

她蹲了下去，像是到百合花的光焰里去取暖似的。她觉着它们是在她的手指上，在她的口唇上，在她的心窝里长着。

“错了，”她软音地说，“我们没有定要这么多的。沙第，去问娘去。”

但是正在这个当儿薛太太也过来了。

“不错的，”她静静地说，“是我定要的。这花儿多么可爱？”她挤紧着老腊的臂膀。“昨天我走过那家花铺子，我在窗子里看着了。我想我这一次总要买他一个痛快。园会不是一个很好的推头吗？”

“可是我以为你说过你不来管我们的事。”老腊说。沙第已经走开了，送花来的小工还靠近他的手车站在门外。她伸出手臂去绕着她娘的项颈，轻轻的，很轻轻的，她咬着她娘的耳朵。

“我的乖孩子，你也不愿意有一个过分刻板的娘不是？别孩子气。挑花的又来了。”

他又拿进了很多的百合花，满满的又是一大盘儿。“一条边地放着，就在进门那儿，门框子的两面，劳驾。”薛太太说，“你看好不好，老腊？”

“好，真好，娘。”

在那客厅里，梅格，玖思，还有那好的小汉士，三个人好容易把那钢琴移好了。

“我说，把这柜子靠着墙，屋子里什么都搬走，除了椅子，你们看怎么样？”

“成。”

“汉士，把这几个桌子搬到休息室里去，拿一把帚子进来把地毯上的桌腿子痕子扫了——等一等，汉士——”玖思就爱吩咐底下人，他们也爱听她。她那神气就像他们一块儿在唱戏似的，“要太太老腊小姐就上这儿来。”

“就是，玖思小姐。”

她又转身对梅格说话：“我要听听那琴今天成不成，回头下半天他们也许要我唱。我们来试试那 This Life Is Weary。”

嘭！他！他！氏！他！那琴声突然很热烈地响了出来，玖思的面色都变了。她握紧了自己的手。她娘同老腊刚进来，她对她们望着。一脸的忧郁，一脸的奥妙。

这样的生活是疲——倦的。

一朵眼泪，一声叹气。

爱情也是要变——心的

这样的生活是疲——倦的，

一朵眼泪，一声叹气。

爱情也是不久——长的，

时候到了……大家——回去！

但是她唱到“大家——回去”的时候，虽则琴声格外的绝望了，她的脸上忽然泛出鲜明的、异常的不同情的笑容。

“我的嗓子成不成，妈妈？”她脸上亮着。

这样的生活是疲——倦的，

希望来了，还是要死的。

一场梦景，一场惊醒。

但是现在沙第打断了她们。“什么事，沙第？”

“说是，太太，厨娘说面包饼上的小纸旗儿有没有？”

“面包饼上的小纸旗儿，沙第？”薛太太在梦里似的回响着。那些小孩子一看她的脸就知道她没有小旗儿。

“我想想。”一会儿，她对沙第坚定地说，“告那厨娘等十分钟我就给她。”

沙第去了。

“我说，老腊，”她母亲快快地说，“跟我到休息间里来。旗子的几个名字我写在一张信封的后背。你来替我写了出来。梅格，马上上楼去，把你头上那湿东西去了。玖思，你也马上去把衣服穿好了。听着了没有，孩子们，要不然回头你们爹晚上回家的时候我告诉？说是——玖思，你要到厨房里去，告那厨娘别着急，好不好？这早上我怕死了她。”

那张信封好容易在饭间里那摆钟背后找了出来。怎么的会在那儿，薛太太想都想不着了。

“定是你们里面不知谁从我的手袋里偷了出来，我记得顶清楚的——奶酪起司同柠檬奶冻。写下了没有？”

“写了。”

“鸡子同——”薛太太把那张信封擎得远远的，“什么字，看的像是小老虫。不会是小老虫。不是？”

“青果，宝贝。”老腊说，回过头来望着。

“可不是，青果，对的。这两样东西并着念多怪呀。鸡子同青果。”

她们好容易把那几张旗子写完。老腊就拿着走到厨房去了。她见玖思正在那里平厨娘的着急，那厨娘可是一点儿也不怕人。

“我从没有见过这样精巧的面包饼，”玖思乐疯了的口音说，“你说这儿一共有几种，厨娘？十五对不对？”

“十五，玖思小姐。”

“好，厨娘，我恭喜你。”

厨娘手里拿着切面包饼的长刀，抹下了桌上的碎粉屑儿，开了一张嘴尽笑。

“高德铺子里的来了。”沙第喊着，从伙食房里走出来。她看见那人在窗子外面走过。

这就是说奶油松饼来了。高德那家店铺，就是做奶油松饼出名。有了他们的，谁都不愿意自己在家里做。

“去拿进来放在桌子上吧，姑娘。”厨娘吩咐。

沙第去拿了进来，又去了。老腊与玖思当然是太长大了，不会认真地见了奶油什么就上劲。可是她们也就忍不住同声地赞美，说这松饼做得真可爱呀。太美了。厨娘动手拾掇，摇下了多余的糖冰。

“一见这些个松饼儿，像是你一辈子的茶会全回来了似的，你说是不是？”老腊说。

“许有的事，”讲究实际的玖思说，她从不想回到从前去的，“它们看得这样美丽的轻巧，羽毛似的，我说。”

“一人拿一个吧，我的乖乖，”厨娘说，她那快乐的口音，“你的妈不会知道的。”

这哪儿成。想想，才吃早饭，就吃奶油松饼。一想着都叫人难受。可是要不了两分钟，玖思与老腊都在舐她们的手指儿了，她们那得意的，心里快活的神气，一看就知道她们是才吃了新鲜奶油的。

“我们到园里去，从后门出去，”老腊出主意，“我要去看看工人们的篷帐怎么样了。那工人们真有意思。”

但是后门的道儿，让厨娘、沙第、高德铺子里的伙计、小汉士几个人拦住了。

出了事了。

“咯——咯——咯——”厨娘咯咯地叫着，像一只吓慌了的母鸡。沙第的一只手抓紧了她的下巴，像是牙痛似的。小汉士的脸像螺旋似的皱着，摸不清头脑。就是高德铺子里来的伙计看是自己得意似的，这故事是他讲的。

“怎么回事？出了什么事？”

“出了大乱子了，”厨娘说，“一个男子死了。”

“一个男子死了！哪儿？怎么死的？什么时候？”

但是那店伙计可不愿意现鲜鲜的新闻，让人家当着他面抢着讲。

“知道那些个小屋子就在这儿下去的，小姐？”知道？当然她知道，“得，有个年轻的住在那儿，名字叫司考脱，赶大车儿的。他的马见了那平道儿的机器，今天早上在霍克路的犄角儿上，他那马见了就发傻，一个斛斗就把他掷了下去，掷在他脑袋的后背。死了。”

“死了！”老腊瞪着眼望着那伙计。

“他们把他捡起来的时候就死了，”那伙计讲得更起劲了，“我来的时候正碰着他们把那尸体抬回家去。”他对着厨娘说，“他剩下一个妻子，五个小的。”

“玖思，这儿来。”她一把拉住了她妹子的衣袖，牵着她穿过了厨房，到绿布门的那一面。她停下了，靠在门边。“玖思！”她说，吓坏了的，“这怎么办，我们有什么法子把什么事都停了呢？”

“什么事都停了,老腊！”玖思骇然地说,“这怎么讲？”

“把园会停了，当然。”玖思为什么要装假？

但是玖思反而更糊涂了。“把园会停了？老腊我的乖，别那么傻。当然我们不干这样的事。也没有人想我们这么办。别太过分了。”

“可是现鲜鲜的有人死在我们的大门外，我们怎么能举行园会呢？”

这话实在是太过分了，因为那些小屋子有它们自个儿的一条小巷，在她们家一直斜下去的那条街的尽头。中间还隔着一条顶宽的大路哪。不错，它们是太贴近一点。那些小屋子看得真让人眼痛，它们就不应该在这一带的附近。就是几间小小的烂房子，画成朱古律老黄色的。它们的背后园里也就是菜梗子，瘦小的母鸡子，红茄的罐子。它们烟囱里冒出来的烟，先就寒碜。烂布似的，烂片似的小烟卷儿，哪儿比得上薛家的烟囱里出来的，那样大片的，银色的羽毛，在天空里荡着。洗衣服的妇人们住在那条小巷里，还有扫烟囱的，一个补鞋的，还有一个男的，他的门前满挂着小雀笼子。孩子们又是成群的。薛家的孩子小的时候，他们是一步也不准上那儿去的，怕的是他们学下流话，沾染他们下流的脾气。但是自从他们长成了，老腊同老利有时也穿着那道儿走。又肮脏，又讨厌。他们走过都觉得难受。可是一个人什么地方都得去，什么事情都得亲眼看。他们就是这样地走过了。

“你只要想想我们的音乐队一动手，叫那苦恼的妇人怎么的受得住！”老腊说。

“嗄，老腊！”玖思现在认真地着恼了，“要是每次有人碰着了意外，你的音乐队就得停起来，你的一辈子也就够受了。我也是比你一样的难过。我也是一样的软心肠的。”她的眼睛发狠了。她那盯着她的姊姊的神气，就像是她们小时候打架的样子，“你这样的感情作用也救不活一个做工的酒鬼。”她软软地说。

“酒鬼！谁说他是酒醉！”老腊也发狠地对着玖思，“我马上就进去告诉娘去。”她说，正像她从前每次闹翻了说的话。

“请，我的乖。”玖思甜着口音说。

“娘呀，我可以到你的房里吗？”老腊手持着那大的玻璃门拳儿。

“来吧，孩子。唉，什么回事？怎么的你脸上红红的？”薛太太从她的镜台边转了过来。她正在试她的新帽子。

“娘，有一个人摔死了。”老腊开头说。

“不是在我们的园里？”她娘就打岔。

“不，不！”

“嗄，你真是唬了我一跳。”薛太太叹了口气，放心了，拿下了她的大帽子，放在她的膝腿上。

“可是你听我说，娘，”老腊说。她把这可怕的故事讲了，气都喘不过来。“当然，我们不能开茶会了不是，”她恳求地说，“音乐队，什么人都快到了。他们听得到的，娘，他们差不多是紧邻！”

她娘的态度竟是同玖思方才一样，老腊真骇然了！竟是更难受，因为她看是好玩似的。她竟没有把老腊认真。

“但是，我的好孩子，你得应用你的常识。这无非是偶然的，我们听着了那回事。要是那边有人生病了——我就不懂得他们挤在那些脏死的小窠儿里，怎么的活法——我们还不是一样的开我们的茶会不是？”

老腊只好回答说“是的”，可是她心里想这是全错的。她在她娘的沙发椅上坐了下来，捻着那椅垫的绉边。

“娘，这不是我们真的连一点慈悲心都没有了吗？”

“乖孩子！”薛太太站起身走过来了，拿着那帽子。老腊来不及拦阻，她已经把那帽子套在她的头上。“我的孩子！”她娘说，“这帽子是你的，天生是你的。这帽子我戴太嫌年轻了，我从没有见过你这样的一张画似的。你自己看看。”她就拿着手镜要她看。

“可是，娘。”老腊又起了一个头。她不能看她自己，她把身子转了过去。

这一来薛太太可也忍不住了，就像方才玖思忍不住了一样。

“你这是太离奇了，老腊，”她冷冷地说，“像他们那样人家也不想我们牺牲什么。况且像你这样要什么人都不乐意，也不见怎样的发善心不是？”

“我不懂。”老腊说，她快快地走了出去，进了她自己的卧房。在那里，很是无意的，她最先见着的，就是镜子里的一个可爱的姑娘，戴着她那黑帽子金小花儿装边的，还有一条长的黑丝绒带子。她从没有想着过她能有这样的好看。娘是对的吗？她想。现在她竟是希望娘是对的。我不是太过分吗？许是太过分了。就是一转瞬间，她又见着了那可怜的妇人同她的小孩子，她男人的尸体抬到屋子里去。但这都是模糊的，不真切的，像新闻纸上的图画似的。等茶会过了我再想着吧，她定主意了。这像是最妥当的办法了……

中饭吃过一点半。两点半的时候他们已经准备这场闹了。穿绿褂子的音乐队已经到了，在那网球场的犄角儿上落座了。

“我的乖！”开第，梅得伦娇音地说，“可不是他们太像青蛤蟆？你们应该让他们围着那小池子蹲着，让那领班的站在池中间一张花叶子上。”

老利也到了，一路招呼着进去换衣服了。一见着他，老腊又想起那件祸事了。她要告诉他。如其老利也同其余的见解一样，这就不用说一定是不的了。她跟着他进了前厅。

“老利！”

“唉！”他已经是半扶梯，但是他转身来见了老腊，他就鼓起了他的腮帮子，睁着大眼睛望着她。“我说，老腊！你叫我眼都看花了，”老利说，“多、多漂亮的帽子！”

老腊轻轻地说：“真的吗？”仰着头对老利笑着，到底还是没有告诉他。

不多一会见客人像水一般来了。音乐队动手了，雇来的听差忙着从屋子跑到篷帐里去。随你向哪儿望，总有一对对的在缓缓地走着，弯着身子看花，打招呼，在草地上过去。客人们像是美丽的鸟雀儿，在这下半天停在薛家的园子里，顺路到——哪儿呢？啊，多快活呀，碰着的全是快活人，握着手，贴着脸子，对着眼睛笑。

“老腊乖乖，你多美呀！”

“你的帽子多合适呀，孩子！”

“老腊，你样子顶像西班牙美人，我从没有见你这样漂亮过。”

老腊抖擞着，也就软软地回答，“你喝了茶没有？来点儿冰吧。今天的果子冰倒真是别致的。”她跑到她爹那里去，求着他，“好爹爹，音乐队让他们喝点儿水吧？”

这圆满的下午渐渐地成熟了，渐渐地衰谢了，渐渐地花瓣儿全闭着了。

“再没有更满意的园会……”“大、大成功……”“真要算是最、最……”

老腊帮着她娘说再会。她们一并肩地站在门口，一直等到完事。

“完了，完了，谢谢天，”薛太太说。“把他们全找来，老腊。我们去喝一点新鲜咖啡去。我累坏了。总算是很成功的。可是这些茶会，这些茶会！为什么你们一定不放过要开茶会！”他们全在走空了的篷帐里坐了下来。

“来一块面包夹饼，爹爹。旗子是我写的。”

“多谢。”薛先生咬了一口，那块饼就不见了。他又吃了一块，“我想你们没有听见今天出的骇人的乱子吗？”

“我的乖，”薛太太说，举着她的一只手，“我们听见的。险一点把我们的茶会都弄糟了。老腊硬主张我们把会停了。”

“嗄，娘呀！”老腊不愿意为这件事再受嘲讽。

“总是一件可怕的事情不是？”薛先生说，“那死的也成了家了。就住在这儿下去那个小巷子里，他抛下了一个妻子，半打小孩，他们说。”

很不自然地小静了一会儿。太太的手弄着她的茶杯。实在爹不识趣了……

忽然她仰起头来望着。桌子上满是那些个面包夹饼、蛋糕、奶饼油松，全没有吃，回头全是没有用的。她想着了她的一个妙主意。

“我知道了，”她说，“我们装起一个篮子来吧。我们拿点儿这完全没有动的上好点心，给那可怜的女人吧。随便怎么样，她的小孩子们总有了一顿大大的食品，你们说对不对？并且她总有邻舍人等出出进进的。不劳她费心这全是现成的，可不是个好主意？”

“老腊！”说着她跳了起来，“把那楼梯边柜子里的那大竹篮子拿来。”

“但是，娘，你难道真以为这是个好主意吗？”老腊说。

又是一次，多奇怪，她的见解与旁人不同了。拿她们茶会余下的滓子去给人家。那可怜的妇人真的就会乐意吗？

“当然了！今天你怎么的？方才不多一会儿，你抱怨着人家不发慈悲，可是现在——”

嗄，好的！老腊跑去把篮子拿来了。装满了，堆满了，她娘自己动手的。

“你自己拿了去，乖乖，”她说，“你就是这样去好了。不，等一等，也带一点大红花去。他们那一等人顶喜欢这大花儿的”。

“小心那花梗子毁了她的新花边衣。”讲究实际的玖思说。

真会的。还好，来得及。“那你就拿这竹篮子吧。喂，老腊！”她娘跟她出了篷帐——“随便怎样你可不要——”

“什么，娘？”

不，这种意思还是不装进孩子的脑袋里去好！“没有事！你跑吧！”

老腊关上园门的时候，天已经快黄昏了。一只大狗像一个黑影子似的跑过。这道儿白白地亮着，望下去那块凹地里暗沉沉的就是那些小屋子。

过了那半天的热闹这时候多静呀。她现在独自地走下那斜坡去，到一个地方，那里说是有个男子死了，她可是有点儿想不清似的。为什么她想不清？她停步了一会儿。她的内部像满蒙着亲吻呀，种种的口音呀，杯匙叮当的响声呀，笑呀，压平的青草味呀，塞得满满的。她再没有余地，放别的东西。多怪呀！她仰起头望着苍白的天，她心里想着的就是“对呀，这真是顶满意的茶会”。

现在那条大路已经走过了。已经近了那小巷，烟沉沉的黑沉沉的。

披着围巾的女人，戴着粗便帽的男人匆忙地走着。有的男人靠在木棚子上，小孩子们在门前玩着。一阵低低的嗡嗡的声响，从那卑污的小屋子里出来。有的屋子里有一星的灯亮，一个黑影子，螃蟹似的，在窗子里移动着。老腊低着了头快快地走。她现在倒抱怨没有裹上一件外衣出来。她的上身衣闪得多亮呀！还有那黑丝绒飘带的大帽子——换一顶帽子多好！人家不是望着她吗？他们一定在望着她。这一来来错了；她早知道错了。她现在再回去怎么样呢？

不，太迟了。这就是那家人家。一定是的，暗暗的一堆人站在外面。门边一张椅子里坐着一个很老的老婆子，手里拿着一根拐杖，她在看热闹，她的一双脚踏在一张报纸上。老腊一走近人声就停了。这群人也散了。倒像是他们知道她要到这儿来的似的，像是他们在等着她哪。

老腊异常的不自在。颠着她肩上的丝绒带子，她问一个站在旁边的妇人："这是司考脱夫人的家吗？"那个妇人，古怪地笑着，回说："这是的，小姑娘。"

嗄，这情形躲得了多好！她走上他们门前的走道，伸手敲门的时候，她真地说了："帮助我，上帝。"只要躲得了他们那弹出的眼睛，这是有什么法子把自己裹了起来，裹在一个围肩里都好。我放下了这篮子就走，她打定了主意。我连空篮子都不等了。

那门开了。一个穿黑的小女人在暗冥里替她开着门。

老腊说："你是司考脱夫人吗？"但是那女人的答话吓了老腊一跳："请进来吧，小姐。"她让她关进在门里了。

"不，"老腊说，"我不进来了。我就要放下这篮子。娘叫我送来——"

在黑沉沉的夹道儿里的小女人像是没有听着似的。"走这儿，请，小姐。"她软媚的口音说，老腊跟了进去。

她进了一间破烂的，又低又窄的厨房，台上一盏冒烟的油灯。灶火的前面有一个妇人坐着。

"哀姆，"引她进去的那个小个儿说，"哀姆，是个小姑娘。"她转身对着老腊。她有意味的，"我是她的妹子，小姐。您得原谅她不是？"

"嗄，可是当然！"老腊说，"请，请不要打搅她。我——我只要放下——"

但是这时候坐在灶火前的妇人转了过来。她的脸子，肿胀着，红红的，红肿的眼，红肿的口唇，看得可怕。她看是摸不清为什么老腊在那儿。这算什么的意思？为什么一个外客拿着一个篮子站在她的厨房里？这是什么回事？

她那可怜的脸子又是紧紧地皱了起来。

“我有数，”还有那个说，“我会谢小姑娘的。”

她又说了：“您得原谅她，小姐，我想你一定。”她的脸子，也是肿肿的，想来一个讨好的笑容。

老腊只求马上出得去，马上走开。她已经回到了那条板弄。那门开了。她一直走过去，走进那间卧房，那死人就摊在那里。

“您得看看他不是？”哀姆的妹子说，她匆匆地跑上前去到那床边，“不要怕，我的姑娘。”——现在她的口音变了很爱惜，很机敏似的，她爱怜地把死人身上的被单拉下了——他像一幅画。什么怪相也没有，“过来，我的乖。”

老腊过来了。

一个年轻的人躺在那里，深深地睡着——睡这样的着，这样的深，他看是离他们俩远着哪。嗄，这样隔着远远的，这样的平静。他在做梦，从此不要惊醒他了。他的头深深地落在枕头上，他的眼紧闭着，眼睛在紧闭了的眼睛子里是盲的了。他全交给他的梦了。什么园会呀，竹篮子呀，花边衣呀，与他有什么相干。他离开那些个事情远着哪。他是神奇的，美丽的了。一面他们在那里欢笑，一面音乐队在那里奏乐，这件不可思议的事到了这条小巷里。快活……快活……什么都好了，睡着的脸子在说。这正是该的。我是满足了。

但是我总得哭一哭，她要出这屋子总得对他说几句话。老腊响响地孩子似的哭了一声。

“饶恕我的帽子。”她说。

这时候她也不等哀姆的妹子了。她自己走出了门，下了走道，经过那些黑沉沉的人们。在那巷子的转角上她碰着了老利。

他从黑荫里走了出来：“是你吗，老腊？”

“是我。”

“娘着急了，没有什么吗？”

“是，很好。嗄，老利！”她挽住他的臂膀，紧紧地靠着他。

“我说，你没有哭不是？”她的兄弟问。

老腊摇着她的头。她是哭着哩。

老利拿手围着她的肩膀。“不要哭，”他那亲热的，爱怜的口音说，“那边难受不是？”

“不。”老腊悲哽地说，“这太不可思议了，但是，老利——”她停顿了，她望着她的兄弟。“生命是不是，”她打顿地说，“生命是不是——”但是生命是什么她说不上。不碍。他很懂得。

“可不是，乖乖？”老利说。

十月二十九日下午二时译完。

毒药

邮差来得很迟。我们饭后散步回来了，都还没有到。

“还没有哪，太太。”安娜唱着，匆匆地跑回去烧菜了。

我们把我们的纸包带进了饭厅。桌子摆好了。每回我看着这两个人的餐具——就只两个人的——来得这整齐，合适，再没有第三者的地位，我就觉得一阵古怪的飞快的寒噤，仿佛是叫那银色电光布满在白桌布上，亮玻璃杯上，装泽兰花的浅瓷盘上耀动的打着了似的。

“咒那老信差！什么回事还不来他的？”阿梨说，“把东西放下了，亲亲。”

“你要我往哪儿放……”

她抬起她的头；笑她那甜甜的逗人的笑。

“随便哪儿——蠢。”

可是我心上顶明白我绝不能随便放，我宁可抱着那肥矮的蜜酒瓶子糖果包儿成月成年地站着，绝不能招她爱整齐的细心受一点点的烦腻。

“这儿——交给我吧。”她接了过去连着她的长手套一小篮的干果往桌上一掷，“《饭桌子》。短篇小说谁——谁写的——？”她拉着我的臂膀，“我们到凉台上去。”——我觉着她震震的。“Ca Sent，”她轻轻的说，“dela Cuisine...”（这儿闻着厨房的味儿。）

我新近留心——我们到南边来有两个月了——她每回要讲到吃食，或是天气，或是闹着玩给我说亲热话，她就说法文。

我们蹲在天棚底下的栏杆上。阿梨靠着往下望——直沿着那仙人掌镶边的白道儿望。她那耳朵的美，就那耳，美得叫你诧异，我真可以一边看了它转过头去对着底下那一片闪光的海水愣着：“你知道——她的耳！她那一双耳简直是顶……”

她穿一身白的，脖子上套着一串珠子，腰带上插着一把铃兰。她左手的第三个手指上戴一只珠戒——没有结婚戒。

“为什么我用着戴，Mon ami？[①]我们为什么要充？谁在乎来？”

这我当然同意，虽则就私心深处说，我才叫愿意在一个大大的体面的教堂里站在她的一边，背后满挤着人，一个多老多威严的老牧师当差，听那当初“乐园里的声音”，旁边晃着棕榈叶子，满闻着香味，教堂外面铺着红地毯，还有什么喜糕、香槟，一只缎鞋预备往彩车后背掷的——要是我能把一个结婚戒滑上她的手指。

也不为我稀罕这套讨人厌的铺张，可是我觉得这一来或许可以减少些这“绝对自由”怪味儿的感觉，我意思是她的绝对自由，当然。

喔天！什么刑罚这幸福是——什么痛苦，我望着这庄子看，看我们睡房的窗子顶神秘地在绿色稻草编的窗帘背后躲着。她会不会得在那绿光里移动着，笑着她那奥妙的

① “Mon ami”是法文“我的朋友”。

笑，她那懒洋洋亮晶晶专对我的笑？她的手臂钩住了我的脖子，那一只手软软的，骇人的，掠着我的头发。

“你是谁呀？”她是谁呀？她是——“女人”。

……在春天第一个暖和的晚上，灯光像珍珠似的在紫丁香的空气里透亮着，小声音在花鲜鲜的园里嘀咕着，在那里茜纱长帘笼着的高屋里唱着的就是她。那晚在月光下坐车进那外国城子，落在街旁窗扉上闪荡的金光里的是她的影子。上灯的时候，在新来的静定里走进你的门的是她的脚步。回头，摩托车扫着过去的时候，她直瞅着深秋的黄昏，脸白白的，脖子上围着皮……

简单说，那时候我二十四。当她仰面躺着，珠项链兜着她的下巴，叹一口气说：“我渴了，亲爱的。给我一个橘子。”我真情情愿愿地往水里跳到大鳄鱼牙缝里去拼一个橘子回来——要是鳄鱼口里有橘子的话。

“我要是有两只毛毛的小翅，是一只毛毛的小雀……”

阿梨唱着。

我抓住她的手：“你不会飞跑的？”

“不远儿。顶远到那条道儿的尽头。”

“干什么要上那儿去？”

她背诗了：“他不来，她说……”

“谁？那笨迟的老邮差？可是你没有望着信。”

“不，可是这叫人着急还不是一样。啊！”忽地她发笑了，紧靠着我，“那儿就是他——看——像一只蓝色的硬壳虫。”

我们俩脸凑得紧紧的，望着那蓝虫子慢慢地爬上来。

“亲爱的。”阿梨低喘着。那字音像是在空气里耽着不散，震震的像是琴弦上发出来的一个音符。

“怎么了？”

“我不知道，”她软软地笑着，“一阵波浪——一阵情爱的波浪，我猜是。”

我伸手圈住了她：“那你不想飞跑了？”

她快快地幽幽地说：“不！不！有什么我都不。真的不。我爱这个地方。我爱在这儿耽着。我成年地住下去都能，我信。我从没有过像这两个月快活的时光，你又待我这样好，亲爱的，没一点不如我的意。”

这来真是极乐——听她说这样话真是难得，从不曾有过的，我得把它笑开了去。

“别这！你说话倒像是要分离告别似的。”

“喔，胡说，胡说。再不要你随便说话——说笑也不许！”她的一只小手溜进了我的白外褂，抓住了我的肩膀，“你这一晌乐了不是？”

“乐？乐？喔，天——要是你知道我这会儿的心里……乐！我这奇怪！我这快活！”

我离开了栏杆，抱住了她，把她举在我的怀里。她悬空着，我把我的脸紧偎着她的胸膛低声说：“你是我的？”

自从认识她以后，我直着急了这几个月，也算上那一个什么——可不是——登仙的一个月，这回她回答我的话我才第一次完全地相信了：

“是，我是你的。”

门开的声响连着信差上石子路的脚步，分开了我们。一阵子我觉得发眩。我就站在那里微微地笑，自己觉得怪笨相的。阿梨向着放藤椅子一边走了过去。

“你去——去拿信。”她说。

我——吭——我简直晃了开去。可是我已经太迟了。

安娜跑了来。“没有信。”她说。

我冲着她递报纸给我露出了粗心的笑容准叫她觉着诧异。我快活得什么似的。我把报纸往空中一丢口里唱着：

“没有信，乖乖！”我走近我这心爱的女人躺着的一张长椅子边。

一阵子她没有回话。直到她拉开报纸包皮的时候才慢慢地说：“忘了这世界，叫这世界给忘了。”

有好多为难的当儿只要一支烟卷就过得去。它还不止是一个同伴哪。它是一个秘密的，顶合适的小朋友，它这事情全懂得，完全懂得。你抽的时候你望着它——笑或是板脸，看情景起。你深深地吸一口，又慢慢地把那口烟吐了出来。这正是这样一个当儿。我走近那棵檬果树去，深深地吸那香味。我又走了回来，靠着她的肩膀。可是一阵子她就把手里的报纸往石板上一掷。

“什么都没有，”她说，“没有事，就有一个什么毒药案子。一个男人说是谋杀了他的太太，谁知他是不是，每天有两万人拥在法庭里听审，审过了一次就有两百万字电报满天飞报告新闻。”

“蠢世界！”我说，往一张椅上栽了下去。我心想忘了这报纸，再回到方才信差没上门以前的情形，可是不怎么露痕迹的，当然。但是从她那回话的声音我就知道那时候目前是回不来了。不碍事。我甘愿等着——整五百年都行——反正我现在有拿把了。

“也不怎么蠢，”阿梨说。“再说这也不能完全是那两万人方面病理的好奇。”

“是什么呢，乖？”天知道我管他是什么。

“有罪！”她叫着说，“有罪！你明白不明白那个？他们着了迷似的正像是生病人听着了什么关联他们自己病症的消息。囚箱里站着的那个许是够清白的，是在法庭里的群众几乎全是下毒的人。难道你从没有想着过，”——她一兴奋脸色变白了——“这每天有多少毒害的情形？难得有几个结婚的夫妇能保得住不彼此毒害——夫妻们，情人们。喔，”她叫着，“多少杯茶，多少盅酒，多少杯咖啡，全是沾了毒的。单说我自己就有几多，在手里喝，心里明白或是不明白——冲着这险。世上还有好多夫妻，”——她发笑了——“没有摧的缘故，就为彼此害怕不敢给那致命的一服。那一服得要你够狠心！可是迟早总免不了。那药一次下了以后你再也不用想往回走。那就是结局的开端，真的，你信不信？你懂不懂我的意思？”

她没等我回话。她拆下了她戴上的铃兰花，躺了下去，拿花在她的眼前晃着。

“我的两个男人都毒了我。”阿梨说。

“我第一个丈夫差不多一结婚就给了我大大的一服，可是我那第二个倒也算是一个美术家。就给一点点儿，隔了一时再给一点点儿，又是顶聪明的，一点也不露痕迹——喔，真聪明！直到一个早上我醒来的时候才明白。我浑身直痛到手指脚趾尖上，没一个细胞里不含着稀小的一点。我就刚够有时候……”

我就恨她这样坦然地提起她的丈夫，尤其是今天。那叫人难受。我正要说话，她悲声地叫了出来：

“为什么？为什么这事情得轮着我身上？我做了什么来了？为什么我这辈子就叫人说挑出来……那不是串通了害人来了。”

我就对她说那是因为这世界太坏，她太好了——太精，太美，这世界就不容。我插了一个小笑话：

“可是我没有成心来害你。”

阿梨来了一个古怪的小笑，口咬着一条花梗子。

“你？”她说，“你害不了一个苍蝇！”

怪。那话反倒刺人。顶难过的。

这当儿安娜给我们拿了饭前开胃酒来。阿梨靠出身子去从盘上拿了一杯递给我。我留意到她那手指上的珠子的闪亮。她说那话哪能叫我不难受？

“你，”我说，拿起酒杯，“你从没有毒过谁。”

那话给了我一个意思；我想说明白它。“你——你刚做的反面。叫什么呢？像你这样人，非但不毒人，反而给他们装上——不论谁，信差，替我们赶车的，划船的，卖花的，我——给他们装上新生命，布施她自己的光彩，她的美，她的——”

梦迟迟的她微笑着，梦迟迟她望着我。

“你想着什么来了——我的可爱的乖乖？”

“我正想着，”她说，“饭后不知道你去不去邮局取下午信。你不介意吗，亲爱的？我并不是等信——可是——我正想着，也许——要是有信不去取可不是傻。对不对？要不然等到明天多傻。”她是看她手指间的玻璃杯梗子。她的美丽的头往下注着，但我举起了我的杯，喝了，实在是啜着——慢慢地啜着，成心的，眼溜着那暗蓬蓬的头，心想着——信差，蓝虫子们，告别的话那并不是告别的话，还有——

老天爷！是幻想吗？不，那不是幻想。那酒尝着冷，苦味。怪。

巴克妈妈的行状

巴克妈妈是替一个独身的文学家收拾屋子的。一天早上那文学家替她开门的时候，他问起巴克妈妈的小外孙儿。巴克妈妈站在那间暗暗的小外房的门席子上，伸出手去帮着他关了门，再答话。“我们昨天把他埋了，先生。”她静静地说。

“啊啊！我听着难过。”那文学家惊讶地说。他正在吃他的早饭。他穿着一件破烂的便袍，一张破烂的报纸，拿在一只手里。但是他觉得不好意思。要不再说一两句话，他不好意思走回他的暖和的“起坐间”去——总得再有一两句话。他想起了他们一班人下葬是看得很重的，他就和善地说：“我料想下葬办得好好儿的。”

“怎么说呢，先生？”老巴克妈妈嘎着嗓子说。

可怜的老婆子！她看得怪寒碜的。“我猜想你们下葬办得——办得很妥当吧？”他说。巴克妈妈没有答话。她低着头，蹒跚着走到厨间里去了，手里抓紧着她的老旧的鱼袋，那袋里放着她的收拾的家伙，一条厨裙，一双软皮鞋。文学家挺了挺他的眉毛，走回他的房里吃早饭去了。

“太难受了，想是。”他高声地说着，伸手去捞了一块橘酱。

巴克妈妈从她帽子里拔出了两支长簪，把帽子挂在门背后。她也解开了她破旧的短外衣的衣扣，也挂上了。她捆上了她的厨裙，坐下来脱她的皮靴。脱皮靴或是穿皮靴是她一件苦楚的事，但是她吃这苦楚也有好几年了。其实，她真是吃惯这苦的，每次她连靴带都不曾解散，她的脸子早已拉得长长的，扭得弯弯的，准备那一阵的抽痛。换好了鞋，她叹了口气坐了下去，轻轻地抚摩她的膝部……

“奶奶！奶奶！”她的小孙儿穿着有扣的小皮靴站在她的衣兜上。他方才从街里玩过了进来的。

“看，孩子，你把你的奶奶的裙子踹得像个什么样子！

你顽皮的孩子！”

但是他把一双小手臂抱着她的头项，把他的小脸子紧紧地贴着她的。

“奶奶，给我一个铜子！”他讨好地说。

“去你的，孩子，奶奶没有铜子。”

“你有的。”

“不，我没有。”

她已经伸手去摸她的破旧的、压坏的、黑皮的钱包。

“可是孩子你又有什么东西给你的奶奶呢？”他给了一个怕羞的小小的笑靥，小脸子挨得更紧了。她觉得他的眼睫毛在她的腮边跳动着。“我没有什么东西。”他喃喃地说……

老妇人跳了起来，伸手从汽油炉上拿下了铁水壶，走到废物槽边盛水去。开水壶里的沸响好像呆钝了她的心痛似的。她又装满了提桶和洗器盆的水。

没有一本整本的书，也描写不了那厨房的情形。每星期除了星期日那文学家“总算”是自己收拾的。他把用过的茶叶尽朝尽晚地倒在一个梅酱瓶里，那是放着专为倒茶叶用的，要是他用完了干净的叉子，就在拉得动的擦手布上篦了一个两个暂时使用。除此以外，他对他的朋友说，他的“系统”是很简单的，他总不懂人家管家就有那么多的麻烦。

“你把你所有的家具全使脏了，每星期叫一个老婆子来替你收拾不就完？”

结果是把厨房弄成了一个巨大的垃圾桶。连地板上满是面包皮屑、信封、烟卷蒂头。但是巴克妈妈倒不怨他。她看这年轻的先生没有人看着他，怪可怜的。从那烟煤熏黑了的窗子望出去只看见一大片惨淡的天，有时天上起了云，那些云也看得像用旧了，老惫了似的，边上擦烂了的，中间有的是破洞，或是用过了茶叶似的暗点子。

一面壶里的水在蒸气，巴克妈妈拿了帚子扫地。“是的，”她心里想，帚子在地板上碰着，“管他长的短的，我总算有了我的份儿了。我只是劳苦了一辈子。”

就是邻居们也是这么的说她。好几回她拿着她的旧鱼袋，蹒跚着走回家的时候，她听他们站在路的转角儿上，或是靠在他们门外的铁栏子上，在说着她，“她真是劳苦了一辈子，巴克妈妈真是劳苦了一辈子。”这话真是实在的情形，所以巴克妈妈听了也没有什么得意。好比你说她是住在二十七号屋子的地层的后背，一样的不稀奇。劳苦了一辈子……

十六岁那年她离了斯德辣脱福特，到伦敦做人家厨下帮忙的。是呀，她是生长在阿房河上的斯德辣脱福特的。莎士比亚，先生你问谁呀？不，人家常在问着她莎士比亚这样那样的。但是她却从没有听见过他的名字，直到她后来见了戏馆外面的招帖。

她的本乡她什么都记不得了，除了“黄昏时候坐在家里火炉边从烟筒里望得见天上的明星”，还有“娘总有一长条的咸肉挂在天花板上的”。还有一点什么——一个草堆儿，有的是——在家门口儿，草香味儿顶好闻的。但是那草堆儿也记不清了。就是有一两次生了病睡在病院里的时候，她记起了那门前的草堆儿。

她第一次做工的人家，是一个很凶的地方，他们从不准她出门。她也从不上楼去，除了早上与晚上的祷告。那地层倒是很整齐的。厨娘待她也很凶。她常抢她没有看过的家信，掷在火灶里毁了，因为怪她看了信总是做梦似的想心事……还有那些蟑螂！你许不信——她没有到伦敦之前，从没有见过一个黑偷油婆儿。每次讲到这儿巴克妈妈总是自己要笑的，好像是……从没有见过一个黑偷油婆儿！得了！这不是比如说你从没有见过你自个儿的脚一样的可笑。

后来这家人家把房子卖了，她又到一个医生家里去"帮忙"，在那里做了两年早上忙到晚的工以后，她就和她的男人结婚。他是一个面包师。

"他是做面包的，巴克太太！"那文学家就说。因为有时候他也暂时放下他的书本，留心来听她的讲话，讲她的——生平。"嫁一个面包师准是顶有意思的！"

巴克太太的神气没有他那样的有把握。

"这样洁净的生意。"文学家说。

巴克太太还是不大相信。

"你不愿意把新鲜做出来的整块的面包，递给你们的主顾吗？"

"可是，先生，"巴克妈妈说，"我老在地层里，不大上楼到店里去。我们总共有十三个小孩，七个已经埋了。我们的家要不是医院，就是病院，对不对呢？”

“真的是，巴克太太！”文学家说着，耸着肩膀，又把笔拿在手里了。

是的，七个已经去了，剩下的六个还不曾长大，她的丈夫得了肺病，那是面粉入肺，那时医生告诉她……她的丈夫坐在床里，衬衫从后背翻上头，医生的指头在他的背上画了一个圆圈。

“我说，要是我们把他从这里打开，巴克太太，”那医生说，“你就看得见他的肺让白面粉打了一个大洞。呼气试试，我的好朋友！”这儿巴克太太说不清是她亲眼见的或是她的幻想，她见她可怜的丈夫口唇一开就有风车似的一阵白灰冒了出来……

但是她还得奋斗着养大她的六个小孩子，还得奋斗着自个儿过自个儿的活，可怕的奋斗！后来，等到那群孩子稍为长大一点可以上学堂去了，她丈夫的姊妹来伴他们住着帮一点子忙，可是她住不满两个月，她就从楼梯上闪了下来，伤了她的背梁。那五年内巴克妈妈又有了一个孩子——又是一个哭哭啼啼的！——她还得自个儿喂奶。后来玛蒂那孩子没有走正道儿，连着她妹子阿丽司都带坏了。两个男孩子上了外洋，小杰姆到印度当兵去，最小的安粟嫁了一个一事无成的小堂倌，来义生的那年他生烂疮死了。现在小来义我的小外孙儿……

一堆堆的脏杯子、脏盘子，都已洗过，擦干了。墨水似的黑的刀子，先用一片白薯狠劲地擦，再用软木，才擦得干净。桌子已经擦净，食器架与那水槽子一根根沙田鱼的尾巴在泳着……

那孩子从小就不强健——从小就是的。他长得怯怜怜的，人家看了都当是女孩子。银白的好看的发卷儿他有，小蓝眼儿，鼻子的一边有宝石似的一个小斑点儿。养大那孩子，她与她女儿安粟费的劲儿！报上有什么，她们就买了让他读！每星期日的早上安粟高声地念报，一面巴克妈妈洗她的衣服。

"好先生——我就写一行字让你知道我的小孩梅的儿差不多已经死了……用了你的药四瓶……在九星期内长了八磅的重，现在还在继续地加重哪。"

念了这类的药广告，架子上盛着墨水的鸡蛋杯就拿了下来，买药的信也写成了，明天早上妈妈去做工的时候乘便就到邮局里去买了一张邮汇单。但是还是没有用。什么法子都不能叫小来义加重。就是带了他到惨淡的墓园去，他的小脸子上也比不出一点活泼的颜色，老是那青白的；就是抱了他去坐街车好好地震他一次，回家来他的胃口还是不成。

但是他是奶奶的孩子，原先就是的……

“你是谁的孩子呀？”巴克妈妈说着，伸着腰，从炉灶边走到烟煤熏黑的窗边去了。一个小孩的口音，又亲热，又密切，妈妈几乎气都喘不过来——那小口音好像就在她的胸口，在她的心里——笑了出来，喊说：“我是奶奶的孩子！”

正在那个时候来了一阵脚步声，文学家已经穿了衣服预备出门散步去。

“巴克太太，我出去了。”

“是您哪，先生。”

“你的‘二先令六’我放在墨水架的小盘上。”

“费心您哪，先生。”

“啊，我倒想起了，巴克太太，”文学家急促地说，“上次你在这儿的时候有些可可你没有掷了吗？”

“没有，先生。”

“很怪，明明的有一调羹的可可剩在铁筒子里的，赌咒都成。”他转身走了。他又回头说，和缓的，坚定的，“以后你要掷了什么东西，请你告诉我一声，好不好，巴克太太？”他走了开去，很得意的神气，他自以为他已经让巴克太太明白，别看他样子不精明，他同女太太们一样的细心哪。

嘭的一声门关上了。她拿了她的刷子，揩抹布，到卧房里去收拾，但是她在铺床的时候，拉直着，折拢着，轻拍着，她还是忘不了她的小外孙儿，她想着真难受。为什么他要那样地受罪？她总是想不通。为什么一个好好的安琪儿似的小孩，会得连喘气都得同人要，用得着吃那样的大苦。要一个小孩子遭那样的大罪，她看得真没有意思。

……来义的小胸膛发出一种声响，像是水在壶滚沸似的。有一大块的东西老是在他的胸膛里泛泡似的，他怎么也摆脱不了。他一咳嗽，汗就在他的头上钻了出来，他的眼也胀大了，手也震着，他胸口里的一大块就在里泛泡，像一个白薯在锅子里乱滚似的。这还不算什么，最难受的是他有时也不咳嗽，他就是背着枕头坐着，不说话也不答话，有时竟是连话都听不见似的。他就是坐着，满面的不痛快。

“这可不是你的可怜的老奶奶的不好，我的乖乖。”老巴克妈妈说，在他涨紫了的小耳朵边轻掠着他汗湿了的头发。但是来义摇着他的头，避开了去，看得像是和她很过不去似的——脸子还是沉沉的。他低着他的头，斜着眼望着她，像是他不能相信这是他的奶奶似的。

但是到了末了……巴克妈妈把压床被甩着，铺过床去。不，她简直地想都不能想。

这是太难了——她一生的命实在是太苦了。她一直忍耐到今天，她，她还得自己顾管自己，也从没有人见她哭过。谁都没有见过，就是她自己的孩子也从没有见过她倒下来。可是现在！来义完了——她还有什么？她什么都完了。她过了一辈子就是淘成了一个他，现在他也没有了。

为什么这些个儿事情全碰着我？她倒要问。“我做了什么事？”老妈妈说，“我做了什么事？”

她一头说着话，她手里的刷子掉了下去。她已经在厨间里。她心里难受得可怕，她就戴上了她的帽子，穿上了外衣，走出了那屋子，像在梦里似的。她自己也不明白她在干什么。她像是一个人让什么可怕的事吓疯了转身就跑似的——哪儿都好，只要走开了就像是逃出了……

那时街上很冷，风来像冰似的，来往的人快步地走着，很快；男人走着像剪子，女人像猫。没有人知道——也没有人管。就使她倒了下来就便隔了这么多的年份，到底她哭了出来，她着落在哪儿呢——拘留所，也许的。

但是她一想着哭，就像小来义跳上了他奶奶的臂膀似的。啊，她就想哭，小团团，奶奶要哭。只要她现在哭得出，一场痛痛快快的大哭，什么都该得哭，一直从她初次做工的地方与那凶恶的厨娘哭起，哭过去哭到第二次做工的那医生家里，再哭那七个早死的小的，再哭她丈夫的死，再哭她走散了的孩子们，再哭以后苦恼的日子，一直哭到小外孙儿来义。但是要认真地什么都得哭，一件件地哭，就得有多大的工夫。还是一样，哭的时候已经到了。她总得哭一场。她再不能放着等；她再不能等了……她能上哪儿去呢？

“她是劳苦了一生的，巴克太太。”是的，劳苦了一生，真是！她的腮子颤动起来了；要去就得去了。但是哪儿呢？哪儿呢？

她不能回家，安粟在那儿。她准把安粟的命都唬跑了。她不能随便选一个路凳坐着哭：人家准会过来盘问她。她又不能回到她那先生的屋子去；她不能在旁人的家里放着嗓子号哭。要是她坐在露天的阶沿石级上，就有警察过来对她说话。

啊，难道真是连一个可以自个儿躲起来随她爱耽多久，不麻烦人家，也没有人来“别扭”她的地方都找不到了吗？难道真是在这世界上就没有她可以尽性地哭他一个痛快的地方了吗——到底？

巴克妈妈站定了，向天望望，向地望望：冰冷的风吹着她的厨裙，卷成了一个气球。现在天又下雨了。还是没有地方去。

一杯茶

费蔷媚并不怎样的美。不，你不会得叫她美。好看？呒是的，要是你把她分开来看……可是为什么要拿一个好好的人分开来看，这不太惨了吗？她年纪是轻的，够漂亮，十分的时新，穿衣服讲究极了的，专念最新出的新书，博学极了的，上她家去的是一群趣极了的杂凑，社会上顶重要的人物以及……美术家——怪东西，她自己的“发现”，有几个怕得死人的，可也有看得过好玩的。

蔷媚结婚二年了。她有一个蜜甜的孩子，男的。不，不是彼得——叫密仡儿。她的丈夫简直是爱透了她的。他们家有钱，真的有钱，不是就只够舒服过去一类，那听着寒碜，闷劲儿的，像是提起谁家的祖老太爷、祖老太太。

他们可不，蔷媚要什么东西，她就到巴黎去买，不比你我就知道到彭德街去。她要买花的话，她那车就在黎锦街上那家上等花铺子门前停住了，蔷媚走进铺子去扁着她那眼，带“洋味儿”的看法，口里说：“我要那些那些。那个给我四把。那一瓶子的玫瑰全要。瞧，那瓶子也让我带了去吧。不，不要丁香。我恨丁香。那花不是样儿。”铺子里的伙计弯着身子，拿丁香另放在一个看不见的地方，倒像她那话正说对了似的，丁香是真不是样儿。“给我那一球矮个儿的黄水仙。那红的白的也拿着。”她走出铺子上车去的时候，就有一个瘦小的女孩子一颠一颠地跟在背后，抱着一个多大的白纸包的花，像是一个孩子裹在长抱裙里似的……

一个冬天的下午她在寇崇街上一家古董铺里买东西。她喜欢那铺子。他那儿先就清静，不提别的，你去往往可以独占，再兼那铺子里的掌柜，也不知怎么的，就爱伺候她。她一进门儿，他不提有多快活。他抱紧了他自个儿的手；他感激得话都说不出来。恭维，当然。可还是的，这铺子有意思……

“你明白,太太,”他总是用他那恭敬的低音调讲话,“我宝贵我的东西。我宁可留着不卖的，与其卖给不识货的主顾，他们没有那细心，最难得的……”

一边深深地呼着气，他手里拿一小方块的蓝丝绒给展开了，放在玻璃柜上，用他那没血色的指尖儿按着。

今天的是一只小盒子。他替她留着的。他谁都没有给看过的。一只精致的小珐琅盒儿，那釉光真不错，看得就像是在奶酪里焙成的。那盖上雕着一个小人儿站在一株开花的树底下，还有一个更小的小人儿还伸着她那一双手搂着他哪。她的帽子，就够小绣球花的花瓣儿大，挂在一个树枝上；还有绿的飘带。半天里还有一朵粉红的云彩在他们的头顶浮着，像一个探消息的天使。蔷媚把她自己的手从她那长手套里探了出来。她每回看这类东西总是褪了手套的。呒，她很喜欢这个。她爱它；它是个小宝贝。她一定得留了它。她拿那奶光的盒儿反复地看，打开了又给关上，她不由得注意到她自个儿的一双手，衬着柜上那块蓝丝绒，不提够多好看。那掌柜的，在他心里那一个不透亮的地基儿，也许竟敢容留同样的感想。因为他手拿着一管铅笔，身子靠在玻璃柜上，他那白得没血色的手指儿心虚虚地向着她那玫瑰色发艳光地爬着，一边他喃喃地说着话：“太太你要是许我点给你看，那小人儿的上身衣上还刻着花哪。”

“有意思！”蔷媚喜欢那些花。这要多少钱呢？有一晌掌柜的像是没有听见。这回她听得他低声地说了“二十八个金几尼，太太”。

“二十八个几尼。”蔷媚没有给回音。她放下了那小盒儿，她扣上了她的手套。二十八个几尼。就有钱也不能……她愣着了。她一眼瞟着了一把肥肥的水壶，像一只肥肥的母鸡蹲在那掌柜的头上似的，她答话的口音还有点儿迷糊的：“好吧，替我留着——行不行？我想……”

但是那掌柜的已经鞠过躬，表示遵命，意思仿佛是替她留着是他唯一的使命。他愿意，当然，永远替她留着。

那扇谨慎的门咄地关上了。她站在门外的台阶上，看着这冬天的下午。正下着雨，下雨天就跟着昏，黑夜的影子像灰沙似的在半空里洒下来。空气里有一股冷的涩的味儿，新亮上的街灯看着凄惨。对街屋子里的灯光也是这阴瑟瑟的。它们暗暗地亮着像是惆怅什么。街上人匆匆地来往，全躲在他们可恨的伞子底下。蔷媚觉着一阵子古怪的心沉。她拿手筒窝紧了她的口；她心想要有那小盒子一起窝着多好。那车当然在那儿。边街就是的。可是她还耽着不动。做人有时候的情景真叫你惊心，就这从屋子里探身出来看着外边的世界，哪儿都是愁，够多难受。你可不能因此就让打失了兴致，你应当跑回家去，吃他一顿特别预备的茶点。但她正想到这儿的时候，一个年轻的女孩子，瘦的，黑的，鬼影子似的——她哪儿来的？——贴近蔷媚的肘子旁边站着，一个小声音，像是叹气，又像是哭，在说着话："太太，你许我跟你说一句话吧？"

"跟我说话？"蔷媚转过身子去。她见一个小个儿的破烂的女子睁着一双大眼珠，年纪倒是轻的，不比她自己大，一双冻红的手抓着她的领口，浑身发着抖，像是才从凉水里爬起来似的。

"太——太太，"那声音发愣地叫着，"你能不能给我够吃一杯茶的钱？"

"一杯茶？"听那声音倒是直白老实的；一点也不像化

子的口气。“那你一个大也没有吗？”蔷媚问。

“没有，太太，”她回答。

“多奇怪！”蔷媚冲着黄昏的微光直瞧，那女子的眼光也向她瞪着。这不比奇怪还奇怪！蔷媚忽然间觉到这倒是个奇遇。竟像是道施滔奄夫斯基小说里出来的，这黑夜间的相逢。她就带这女子回家去又怎么呢？她就试演演她常常在小说里戏台上看到的一类事情，看她下文怎么来，好不好呢？这准够耸荡的。她仿佛听着她自己事后对她的朋友们说，“我简直的就带了她回家”，这时候她走上一步，对她身旁暗沉沉的人影儿说：“跟我回家吃茶去。”

那女子吓得往后退。她给吓得连哆嗦都停了一阵子。蔷媚伸出一只手去，按着她的臂膀。“我不冤你，”她说，微微地笑着。她觉得她的笑够直爽够和气的，“来吧，为什么不？坐了我车一共回家吃茶去。”

“你——你不能是这个意思，太太。”那女子说，她的声音里有苦痛。

“是的哪，”蔷媚叫着，“我是要你。你去我欢喜。来你的。”

那女子拿她的手指盖住她的口，眼睁得老大地盯着蔷媚。“你——你不是带我到警察局去？”她愣着说。

“警察局！”蔷媚发笑了，“我为什么要那么恶？不，我就要你去暖和暖和，乘便听听——你愿意告诉我的话。”

饿慌了的人是容易带走的。小车夫拉开了车门，不一会儿她们在昏沉的街道上飞似的去了。

“得！”蔷媚说。她觉着得胜了似的，她的手溜进了套手的丝绒带。她眼看着她钩住的小俘虏，心里直想说：“这我可逮住你了。”她当然是好意。喔，岂但好意。她意思要做给这女子看，叫她相信——这世界上有的是奇怪的事情，——神话里仙母是真碰得到的——有钱人是有心肠的，女人和女人是姊妹。她突然转过身子去，说：“不要害怕。再说，你有什么可怕的，跟我一同走有什么怕？我们都是女人。就说我的地位比你的好，你就该盼望……”

可是刚巧这时候，她正不知道怎样说完那句话，车子停了，铃子一按，门开了，蔷媚有她那殷勤的姿态，半保护的，简直抱着她似的，把那女子拉进了屋子去。天暖和、柔软、光亮，一种甜香味儿，这在她是享惯了的平常不放在心上，这时候看还有那个怎样的领略，有意思极了的。她像是一个富人家的女孩子在她的奶房里，柜子打开一个又一个，纸盒儿放散一个又一个的。

“来，上楼来，”蔷媚说，急于要开始她的慷慨，“上来到我房间里去。”这来也好救出这可怜的小东西，否则叫下人们盯着看就够受的；她们一边走上楼梯，她心里就打算连金儿都不去按铃叫她，换衣服什么她自个儿来。顶要紧的事情是要做得自然！

“得！”蔷媚第二次又叫了，她们走到了她那宽大的卧房；窗帘全已拉拢了的，壁炉里的火光在她那套精美的水漆家具、金线的坐垫、淡黄的浅蓝的地毯上直晃耀。

那女子就在靠近门那儿站着，她看昏了的样子。可是蔷媚不介意那个。

“来坐下，”她叫，把她那大椅子拉近了火，“这椅子舒泰。来这儿暖和暖和，你一定冷极了。”

“我不敢，太太，”那女子说，她挨着往后退。

“喂，来吧，”——蔷媚跑过去——“你有什么怕的，不要怕，真的。坐下，等我脱下了我的东西我们一同到间壁屋子吃茶舒服去。为什么你怕？”她就轻轻地把那瘦小的人儿半推似的按进了她的深深的摇床。

那女子不作声。她就痴痴地坐着，一双手挂在两边，她的口微微地开着。说实话，她那样儿够蠢的。可是蔷媚她不承认那个。她靠着她的一边，问她：“你脱了你的帽子不好？你的美头发全湿了的。不戴帽子舒服得多不是？”

这回她听着一声轻极了的仿佛是“好的，太太”，那顶压扁了的帽子就下来了。

“我再来帮你脱了外套吧。”蔷媚说。

那女子站了起来。可是她一手撑着椅子，就让蔷媚给拉。这可费劲了。她自个儿简直没有活动。她站都站不稳，像个小孩，蔷媚的心里不由得想，一个人要旁人帮忙他自己也得稍微，就要稍微，帮衬一点才好，否则事情就为难了。现在她拿这件外套怎么办呢？她给放在地板上，帽子也一起搁着。她正在壁炉架上拿下一支烟卷来，忽然听得那女子快声地说，音是低的可有点儿怪：“我对不住，太太，可是我要晕了。我得昏了，太太，要是我不吃一点东西。”

“了不得，我怎么的糊涂！”蔷媚奔过去按铃了。

“茶！马上拿茶来！立刻要点儿白兰地！”

下女来了又去了，可是那女子简直要哭了：“不，我不不要白兰地。我从来不喝白兰地，我要的就是一杯茶，太太。”她眼泪都来了。

这阵子是又可怕又有趣的。蔷媚跑在她椅子的一边。

“不要哭，可怜的小东西。”她说。

“别哭。”她拿她的花边手帕给她。她真的心里说不出的感动了。她把她的手臂放在那一对瘦削的鸟样的肩膀上。

这来她才心定了点儿，不怕了，什么都忘了，就知道她们俩都是女人，她咽着说：“我再不能这样儿下去，我受不了这个，我再不能受。我非得自个儿了了完事。我再也受不了了。”

“你用不着的，有我顾着你。再不要哭了。你看你碰着我还不是好事情？我们一会儿吃茶，你有什么都对我说，我会替你想法子，我答应你。好了，不哭了。怪累的。好了！”

她果然停了，正好蔷媚站起身，茶点就来了。她移过一个桌子来放在她们中间。她这样那样什么都让给那可怜的小人儿吃，所有的夹肉饼，所有的牛油面包，她那茶杯一空就给她倒上，加奶酪，加糖。人家总说糖是滋补的。她自己没有吃；她抽她的烟，又故意眼往一边看，不叫她对面人觉着羞。

真的是，那一顿小点心的效力够奇怪的。茶桌子一挪开，一个新人儿，一个小个儿怯弱的身材，一头发揉着的，黑黑口唇，深的有光的眼，靠在那大椅子里，一种倦慵慵的神情，对壁炉里的火光望着。蔷媚又点上一支烟，这该是时候谈天了。

"你最后一餐饭是什么时候吃的？"她软软地问。

但正这时候门上的把手转动了。

"蔷媚，我可以进来吗？"是菲立伯。

"当然。"

他进来了。"喔，对不住。"他说，他停住了直望。

"你来吧，不碍，"蔷媚笑着说，"这是我的朋友，密司——。"

"司密司，太太。"倦慵慵的那个说，她这会儿倒是异常地镇定，也不怕。

"司密司，"蔷媚说，"我们正要谈点儿天哪。"

"喔，是的。很好。"说着他的眼瞟着了地板上的外套和帽子。他走过来，背着火站着。"这下半天天时太坏了。"他留神地说，眼睛依然冲着倦慵慵的那个看，看她的手，她的鞋，然后再望着蔷媚。

"可不是，"蔷媚欣欣地说，"下流的天气。"

菲立伯笑了他那媚人的笑。"我方才进来是要，"他说，"你跟我到书房里去一去。你可以吗？密司司密司许我们不？"

那一对大眼睛蜒了起来瞅着他，可是蔷媚替她答了话。"当然她许的。"他们俩一起出房去了。

"我说，"菲立伯到了书房里说，"讲给我听。她是谁？这算什么意思？"

蔷媚，嘻嘻地笑着，身体靠在门上说："她是我在寇重街上捡了来的，真的是。她是一个真正的'捡来货'。她问我要一杯的茶钱，我就带了她回家。"

"可是你想拿她怎么办呢？"

"待她好，"蔷媚快快地说，"待她稀奇的好。顾着她。我也不知道怎么了。我们还没有谈哪。可是指点她——看待她——使她觉着——”

“我的乖乖孩子，”菲立伯说，“你够发疯了，你知道。哪儿有这样办法的。”

“我知道你一定这么说，”蔷媚回驳他，“为什么不？我要这么着。那还不够理由？再说，在书上不是常念到这类事情。我决意——”

“可是，”菲立伯慢吞吞地说，割去一支雪茄的头，“她长得这十二分好看。”

“好看？”蔷媚没有防备他这一来，她脸都红了，“你说她好看？我——我没有想着。”

“真是的！”菲立伯划了一根火柴，“是简直的可爱。再看看去，我的孩子。方才我进你屋的时候我简直地看迷糊了。但是……我想你事情做错了。对不起，乖乖，如其我太粗鲁了或是什么。可是你得按时候让我知道密司司密司跟不跟我们一起吃晚饭，我吃前还要看看衣饰杂志哪。”

“你这怪东西！”蔷媚说，她走进了书房，又不回她自己房里去，他走进她的书写间去，在她的书台边坐下了。好看！简直的可爱！看迷糊了！她的心像一个大皮球似的跳着，好看！可爱！她手拉着她那本支票簿。可是不对，支票用不着的，当然。她打开一个抽屉，拿出了五张镑票看了看，放回了两张，把那三张挤在手掌心里，她走回她卧房去了。

半小时以后菲立伯还在书房里，蔷媚进来了。

“我就来告诉你，”她说，她又靠在门上，望着他，又是她那扁眯着，眼带‘洋味儿’的看法，“密司司密司今晚不跟我们吃饭了。”

菲立伯放下了手里的报：“喔，为什么了？她另有约会？”

蔷媚过来坐在他的腿上。“她一定要走，”她说，“所以我送了那可怜人儿一点儿钱。她要去我也不能勉强她不是？”她软软地又加上一句。

蔷媚方才收拾了她的头发，微微地添深了一点她的眼圈，也戴上了她的珠子。她伸起一双手来，摸着菲立伯的脸。

“你喜欢我不？”她说，她那声音，甜甜的，也有点儿发粗。

“我喜欢你极了，”他说，紧紧地抱住她，“亲我。”

隔了一阵子。

蔷媚迷离地说："我见一只有趣的小盒儿，要二十八个几尼哪。你许我买不？"

菲立伯在膝盖上颠着她。"许你，你这会花钱的小东西。"他说。

可是那并不是蔷媚要说的话。

"菲立伯，"她低声地说，她拿他的头紧抵着她的胸膛，"我好看不？"

夜深时

（浮及尼亚坐在壁炉前，她的出门用件，丢在一张椅上，她的靴在炉围里微微地蒸着气。）

浮及尼亚（放下信）：我不喜欢这封信——一点也不。我想不到难道他是存心来怄我的气——还是他生性就是这样的。（念信）"多谢你送我袜子，碰巧新近有人送了我五双，我所以拿你送我的转作人情，送了我的一个同事，我想你不至于见怪吧。"不，这不能是我的猜想。他准是存着心来的，这真叫人太难受了。

嗳，我真不应该写那封信给他叫他自个儿保重，有法子拿得回来才好呢。我又是在礼拜晚上写的，那更糟极了，我从不该在礼拜晚上写信的，曾就自己拿不了主意，我就不懂为什么礼拜晚上老给我这样的怪味儿，我真想给人写信——要不然就想，嗳，对了，可不是。真叫我难受，又心酸，又心软，怪，可不是！

我还是重新上教堂去罢，一个人坐在火跟前愣着可不合适，而且教堂里有的是唱诗，那时候就便拿不了主意，也没有危险了，（她低声唱着）（And then for those our Dearest and our Best）——（但是她的眼看着信上的下面一句）“真多谢你还是自己给我打的”那真是！真是太难了！男人真“臭美”得讨厌！他简直以为我还自己给他打袜子哪！哼！我连认都不大认识他，才给他说了几回话，谁还给他打袜子，那才倒霉！他简直以为我就那样拿自己丢给他呢。要是替一个生人结袜子那还不如拿自己去凑给人家。随便给他买一双那就又是一回事了，不，我再不写信给他了，那是一定的了，再说又有什么用呢，回头我竟许认真有了意思，他还是连正眼亦瞧不着我，男人多是这样的。

我就不懂为什么过了些时候，人家就像是嫌我似的。怪，可不是，起初他们喜欢我，以为我不平常，有见解，可是等到我稍微的示意我有点喜欢他们，他们就好像怕我似的，慢慢地躲开了。将来我竟许会闹灰心的。亦许他们知道我里面积得太满了。就许因为这个把他们全吓跑了，喔！我有无限、无限的情爱给一个人——十二分地爱他，顾怜他，使一分不称心的事情全远着他。随他想要什么东西，我都可以替他去做，只要我觉得有人要我，能够帮他的忙，我就许会另变一个人的，对了，只要有人要我，有人爱我，有人完完全全地靠着我，那我的一生就有了落儿了。我很强健，又比普通的女人有钱，我想别的女人一定不会有我这样热烈的向往要表现我自己，我想对了，简直像是要开花似的，我是整个儿裹着，关着，在黑暗里，亦没有人留意。我猜想就为这个缘故，所以每回我见了花草有病的生物雀儿等，我就动了很深的怜惜！无非借此发泄我里面的积蓄，这满心的爱，同时，自然咯，那些东西全是得靠旁的人——那是另外一件事，但是我总觉得男人要是爱上了你，他也就没了主意了，对了，我信男人是很没有主意的。

我不明白为什么今晚我觉着想哭，当然不能是为这封信。这满不够相干，可是我老想不开我的生活终究会不会有变化，还是老就这样下去一直到老——老是等着，等着。就是现在我已经比不得从前年轻了，脸上有了皱纹，皮肤也不跟从前似的了。我本来不算美，照平常眼光看，可是我从前的皮肤多可爱，头发多美——路不走得好，可不是今天我在一面衣镜里照见我自己——背驼驼的，衣服拖拖的……样儿顶累赘顶老腔的，吓，也不，或许不至于那样的坏，我说自己老是说过分的，现在我逢着事情总有点迷糊——许就是快上年纪的样子咧，就说风吧——现在我再不能让风吹着，我亦恨雨湿了脚，从前我再不介意这些事，倒是很喜欢的！使我觉得像是与自然合成一体似的。可是现在很烦躁，想哭，老是望有些别的事情来可以使我忘却这桩事，可是不，怪呀！怪不得女人们要去“吃酒”呢。（注：外国女人吃上酒与中国人抽大烟一样的不体面）火快要灭了，烧了这封信吧，这算得了什么事！我一点也不在意，于我有什么关系？那五个女人亦会送他袜子的！我想他一点也不是我意料的人，我好像还听见他说着“呀，太劳驾了！还要你自己给我打”。他有一种迷人的声音，亦许是他那声音引动我的，还有他的手看得多强壮，多么男人的手，嗳，得了，不要尽着发痴了！烧了吧！不，现在不成了，这火已经完了，我去睡觉吧，难道他真的存心来怄我的气？喔，我累极了，这一时我上床睡的时候，常拿被蒙住头——就哭，怪，可不是！

我翻译这篇短短的短篇，还得下注解，现在什么事都得下注解，有时注解愈下，本文愈糊涂，可是注解还得下。这是一个下注解的时代，谁都得学时髦，要不然我们哪儿来的这么多文章。

男人与女人永远是对头，永远是不讲和不停战的死冤家，没有拜天地——我应当说结婚，拜天地听得太旧，也太浪漫——以前，双方对打的子弹，就化上不少，真不少，双方的战略也用尽了，照例是你躲我追，我躲你追，但有时也有翻花样的，有的学诸葛亮用兵，以攻为守，有的学甲鱼赛跑，越慢越牢靠。这还只是一篇长序，正文没有来哪，虽则正文不定比序文有趣，坐床撒帐——我应当说交换戒指，度蜜月，我说话真是太古气——以后就是濠沟战争，那年份可长了。彼此就是望得见的，抓可还是抓不到，你干着急也没有用，谁都盼望总攻击时的那一阵的浓味儿，除了拼性命时有神仙似的快乐，但谁都摸不准总司令先生的脾胃，大家等着那一天，那一天可偏是慢吞吞地不到。

宕着，悬着，挂着，永不生根，什么事都是像我们的地球一样，滚是滚着，可没有进步，男的与女的：好像是最亲密不过，最亲热不过，最亲昵不过的是两口子不是？可是事情没有这样简单。他们中间隔着的道儿正长着呢！你是站在纽约五十八层的高楼上望着，她在吴淞炮台湾那里瞭着，你们的镜头永远对不准。

不准才有意思，才有意思。愈看不准，你愈要想对，愈晃着镜子对，愈没有准儿，可是这里面就是生活，悲剧，趣剧，哈哈，眼泪，文学，艺术，人生观，大学教授，《京报附刊》，全是一个网里捞出来的鱼。

我说的话，你摸不清理路不是？谁要你摸不清，谁要你摸得清？你摸得清，就没有我的落儿！

十九世纪出了一个圣人，他现在还活着。圣人！谁是圣人，什么圣人？不忙，我记得口袋里有的是定义，让我看看。“圣人就是他”——这外国句法不成，你须得轮头来。谁要能说一句话或一篇话，只要他那里有一部分人想到可是说不上的道德，他就是圣人。“我未见好德如好色者”，那是孔二爷。这话说得顶平常，顶不出奇，谁都懂得，谁都点头儿说对。好比你说猫鼻子没有狗鼻子长，顶对，这就是圣。圣人的话永远平常的，一出世他也许是一个吴稚晖，或是谁，那也不坏，可就不是圣人。

可是我说的现代的圣人又是谁？他有两个名字：在外国叫勃那萧，在中国叫萧伯纳。他为什么是圣人？他写了一本戏，谁都知道的叫作“人与超人”，一篇顶长、顶繁、顶啰嗦的戏，前面还装着一篇一样长、繁、啰嗦的长序。但是他说的就是一句话，证明的就是一句话，这话就是——凡是男与女发生关系时，女的永远是追的那个，男的永远是躲的那个。这话可没有我孔二爷的老实，不错，分别是有，东洋孔二爷是戴平天冠，捧着白玉圭，头顶朝着天，脚跟踏着地，眼睛看着鼻子，鼻子顾着胡子，大胡子挂在心坎上，条缕分明地轻易不得吹糊。他们的萧伯纳是满脸长着细白毛，像是龙井茶的毛尖，他自己说是叫虫子啃过的草地，他的站法顶别致，他的不是A字式的站法，他的是Y字式的站法，他不叫他的腿站在地上，那太平常不出奇，他叫他的脑袋支着地，有时一双手都不去帮忙，两条腿直挺挺地开着顶对天花板，真是难为了他的颈根酸了一点，他这三四十年来就是玩着这把戏——一块朝天马蹄铁的思想家，一个“拿大顶”的圣人。这分别你就看出来了不是？用腿的站得住（那也不容易，有人到几十岁还闪跤呢），用头的也站住了，也许萧先生比孔先生觉得累一点，可是他的好看多了。这一来他们的说话的道儿就不同，一是顺着来的，一是反着来的，反正他们一样说得回老家就是——真理是他们的老家。

孔二爷理想中的社会是拿几条粗得怕人的大绳子拴得稳稳的社会，尤其是男与女的中间放着一座掀不动钻不透的“大防”。孔二爷看事情真不含糊，黄就是黄，青就是青，男就是男，女就是女，干脆，男女是危险的。你简直的要想法子，要不然就出乱子。你得防着他们，真的你得防着他们，把野兽装进了铁笼子，随他多凶猛也得屈服。别的不必说，就是公公媳妇、大伯弟妇都得要防防，哥哥妹妹、弟弟姊姊都得要防防，六岁以上就不准同桌子吃饭，夫妇也不准过分的亲近：老爷进了房，太太来了一个客人，家里来了外人，太太爱张张也得躲到屏风背后去。这来不但女子没法子找男子，就是男子也不得机会去找女子了。结果防范愈严，危险愈大，所以每回一闹乱子我们就益发地佩服孔二爷的见解高明。不错，这野兽其实也太不讲礼太猖獗，只有用粗索子去拴住他，拿铁笼子去关住他，我从不反过头来想想——假如把所有的绳子全放宽，把一切的笼子全打开了，看这一大群的野畜生又打什么主意。

萧伯纳的回答说不碍，随你放得怎样宽，人类总是不会灭的，废弃了一切人为的法律，逃避了一切人群的势力，我们还是躲不了生命的势力（Life force）。男人着忙去找女人，或是女人着忙去带着一个男人，这就是潜在的生命的势力活动的证据。男人的事务是去寻饭吃，女人的事务是生殖；男人的作用是经济的，女人的作用是生物的。女人天生有极强极牢固的母性。她为要完成她的天职，她就（也许不觉得的）向往生活的固定，顶要紧是有一个家。但是男人却往往怕难，自己寻食吃已经够难，替一家寻食吃当然更是麻烦。他有时还存心躲懒，实际上他怕的是一个永久固定的家。还有一个理由为什么女人比男人更着急，那是因为女性美是不久长的，她的引诱力是暂时而且有限的，所以她得赶紧。一个女儿过了三十岁还不出嫁父母就急，连亲戚都替她担忧。其实她自己又何尝不急，只是在老社会情况底下她没有机会表示意志就是。她急的缘故也不完全是为要得男人的爱，她着急是为要完成她的职务，为要满足她的母性。所以萧伯纳是不错的，他说在一个选择自由的社会里男女间有关系发生时，女的往往是追的那个，男的倒反是躲的那个。王尔德说男子总不愿意结婚，除非他是厌倦了，女子结婚为的是好奇。这话至少一半是对的。平常一个有志气爱自由的男子哪肯轻易去冒终身企业的危险？去担负养活一个家的仔肩？反面说女人倒是常常在心里打算的（她们很少肯认账，竟许也有自己不感觉到的，但实际却有这种情形），打算她身世的寄托，打算她将来的家，打算亲手替她亲生子打小鞋做小袜子。并不是女子的羞耻，这正是她的荣耀。这是她对人道的义务。要是有一天理性的发展竟然消灭了这点子本性，人类种族的生产与生存也就成了问题了。我们不盼望有那一天，虽则我们看了“理性的”或是“智理的”的女人一天一天增加数目，有远虑的就多少不免担忧。

曼殊斐尔是个心理的写实派，她不仅写实，她简直是写真。你要是肯下相当的工夫去读懂她的作品，你才相信她是天才无可疑的。她至少是二十世纪最重要的作者的一个，她的字一个个都是活的，一个个都是有意义的，在她最精粹的作品里我们简直不能增也不能减，更不能更动她一个字，随你怎样奥妙的、细微的、曲折的，有时刻薄的心理她都有恰好的法子来表现。她手里擒住的不是一个个的字，是人的心灵变化的真实，一点也不错了。法国一个画家叫台迦（Degas）能捉住电光下舞女银色的衣裳急旋时的色彩与情调。曼殊斐尔，也能分析出电光似急射飞跳的神经作用；她的艺术，（仿佛是高尔斯华绥说的），是在时间与空间的缝道里下工夫，她的方法不是用镜子反映，不用笔白描，更不是从容幻想，她分明是伸出两个不容情的指头，到人的脑筋里去生生地捉住成形不露面的思想的影子，逼住他们现原形！短篇小说到了她的手里，像柴霍甫（她唯一的老师）的手里，才是纯粹的美术（不止是艺术）。她琢成的玉是不仅没有疤斑，不玷土灰，她的都是成品的，最高的艺术是形式与本质（Form and Substance）化成一体再也分不开的妙制；我们看曼殊斐尔的小说就分不清哪里是式，哪里是质，我们所得的只是一个印象，一个真的、美的印象，仿佛是在冷静的溪水里看横斜的梅花的影子，清切，神妙，美。

这篇《夜深时》并不是她最高的作品，但我们多少可以领略她特别的意味，她写一段心理是很普通的很不出奇的。一个快上年纪的独身女子着急找一个男人，她看上了一个，她写信给他，送袜子给他。碰一个冷钉子，这回晚上独自坐在火炉前冥想，羞，恨，怨，自怜，急，自慰，悻，自伤……想丢，丢不下；想抛，抛不了。结果爬上床去蒙紧被窝淌眼泪哭，她是谁，我们不必问，我们只知道她是一个近人情的女子；她在白天做什么事，明天早起说什么话，我们全不必管，我们有特权窃听的就是她今夜上单个儿坐在渐灭的炉火前的一番心境，一段自诉，她并不说出口，但我们仿佛亲耳听着她说话，一个字也不含糊。也许有人说损，这一挖苦女人太厉害了，但我们应得问的是她写的真不真，只要真就满足了艺术的条件，损不损是另外一件事。

乘便我们在这篇里也可以看出萧伯纳的“女追男躲”的一个解释。这当然也可以当作佛洛依德的心理学的注解者，但我觉得陪衬“萧”更有趣些，所以南天北海地胡扯了这一长篇，告罪告罪！

幸福

杨培达年纪虽则有三十岁，可是她有时还老想跳着走路，在走道上一上一下地跳舞，赶铁圈子，把手里东西往半空掷上去落下来再用手接，或是站定了不动憨笑着看——没有什么——干脆什么也没有。

你有什么法想，如其你到了三十岁年纪，每回转过你家的那条街的时候，忽然间一阵子的快活——绝对的快活！——淹住了你——仿佛你忽然间吞下了一大块亮亮的那天下午的太阳光，在你的胸口里直烧，发出一阵骤雨似的小火星，塞住你浑身的毛窍，塞住你一个个手指，一个个脚趾。

啊，难道除了这“醉醺醺乱糟糟的”再没有法子表现那点子味儿？多笨这文明，为什么给你这身体，如其你非得把它当一张贵重，贵重的琴似的包起来收好？

“不，我的意思不是拿琴来比。”她想，跑上了家门前的阶石伸手到提包里去摸门上的钥匙——她忘了带，照例的——打着门上的信箱叫门。“我意思不是这样，因为——多谢你，曼丽”——她进了客厅，“奶妈回来了没有？”

“回来了，太太。”

“水果送来了没有？”

“送来了，太太。东西全来了。”

“请你把水果拿饭间里来，我来收拾了再上楼。”饭间里已经发黑，也觉着凉。但是培达还是一样把外套脱了；她厌烦这裹得紧紧的，一股凉气落在她的胳膊上。

但是在她的胸口那亮亮发光的一块还在着——那一阵骤雨似的小火星，简直有点儿受不住。她气都不敢喘，怕一扇动那火更得旺，可是她还喘着气，深深的，深深的。她简直不敢对着那冰凉的镜子里照——可是她还是照，镜子里给回她一个女人，神采飞扬的，有带笑容的微张着的口唇，有大大的黑黑的眼珠，她那神采像是听着什么，等着什么——大喜事快到似的——那她知道一定会来——靠得住的。

曼丽把水果装上一个盘子拿了进来，另外带着一只玻璃缸，一只蓝瓷盆子，可爱极了的，上面有一层异样的光彩像是在奶酪里洗过澡似的。

“我把灯开上好不好，太太？”

“不，多谢你。我看得很清楚。”

水果是小宽皮橘大苹果夹着红色的杨梅。几只黄色的梨，绸子似的光滑，几穗白葡萄发银光的，还有一大纠紫葡萄。这紫的她买了来专为给饭间里地毯配色的。是呀，这话听着快有点可笑，可是她买来的意思是那样。她在铺子里就想了：“我得要点儿紫的去把地毯挪上桌子来。”她当时也还顶得意的。

她一收拾好，把这些圆圆的、亮亮的个儿堆成两个宝塔，她就离着桌子站远一点看看神气——那神气真有味儿。因为这来那暗色的桌子就像化成暗色的天光，那玻璃盘跟蓝碟子就像是在半空里流着。这，冲她这时候的高兴看来，当然是说不出的美。……她发笑了。

"不，不成。我又不是疯了。"她就抓了她的提包、她的外套，一直跑上楼到奶妈房里去。

******

小囡囡洗过了澡，奶妈坐在一张矮桌子一边喂她吃晚饭。囡囡身上穿着白法兰绒的长衣，蓝毛绒的外褂，她的好看的黑头发梳成了一个可笑的小山峰。她见妈进来就仰着头看，耸着身子跳。

"看着，我的乖囡，乖孩子吃完了这点儿。"奶妈说，她那嘴唇皮的样儿培达明白，意思说你来看孩子又不是时候。

"她好不好，奶妈？"

"她这下半天是好极了的。"奶妈低声说，"我们同到公园里去，我坐在一张椅子上，把她从推车里拿出来，一只大狗走过来把它的头放在我的腿上，她一把抓住了它的耳朵，使劲地拉。喔，你没见着她那样子。"

培达想要问让孩子拉着一只不熟的狗耳朵有没有危险，

但是她没有敢。她站着看她们，她的手两边挂着，像是一个怪可怜的穷孩子站在一个手抱着洋娃娃的阔孩子跟前发愣似的。

囡囡又抬起头来看她，瞅着她，笑得那美劲儿培达不由得叫了出来：“喔，奶妈，你就让我喂着她，你也好去收拾洗澡东西。”

“呒，太太，她吃的时候，实在是不换手的好。”奶妈说，还是低声的，“一换手，她就乱，她心慌都会的。”

这多可笑。要孩子干吗了要是她老是得让——不是像一张贵重、贵重得琴似的收在盒子里——另外一个女人抱着？

“喔，我一定得喂。”她说。

气极了的，奶妈把孩子递了给她。

“好了，喂完了饭你可再不能逗她。你知道你老逗她，太太。你一逗她晚上苦着我！”

喔，皇天！奶妈拿了洗澡布出屋子去了。

“啊，这回儿我逮住了你了，我的小宝贝。”培达说，囡囡靠在她的身上。

她吃得顶高兴，掬着她的小嘴等调羹，再来，就甩着小手。有时她含住了不让调羹回去；有时候，培达刚给兜满了送过去，她那小手这一推就给泼了。

汤吃过了培达转过去对着壁炉。

“孩子乖——真好孩子！”她说，亲着她的热火火的囡囡，“我喜欢你，我疼你。”

小培培她真的爱——她脑袋往前冲露着小颈根，她那精致极了的小脚趾在火光里透明似的发亮——这来她那一阵快活又回来了，她又不知道怎么才好——不知道拿它怎么办。

“太太您有电话。”奶妈说，得胜似的回进房来把她的小培培抢了去。

她飞了下去。哈雷的电话。

“喔，是你，培？听着。我得迟点儿来。回头我要个车来尽快赶到，可是你开饭得迟十分钟——成不成？算数？”

“好，就这样。喔，哈雷！”

“怎么了？”

她有什么说的？她什么也没得说的。她就想跟他纠着一会儿。她总不能平空叫着："这天过得多美呀！"

"怎么回事了？"话筒子里小声音在跳响，"没有事。好了！"培达说，挂上了听筒，心想这文明比蠢还蠢。

******

他们约了人来吃饭。那家的——一对好夫妻——他正在经营一个剧场，她专研究布置家庭，一个年轻人，安迪华伦，他新近印了一小册的诗，谁都邀他吃饭，还有一个叫珠儿傅敦的是培达的一个"捡着的"。密斯傅敦做什么事的，培达不知道。她们在俱乐部里会着，培达一见就爱上了她，那是她的老脾气，每回碰着漂亮女人带点儿神秘性的她就着。

顶招人的一点是虽则她们常常在一起，也曾真真地谈过天，培达还是懂不得她。到某一点为止密斯傅敦是异常的、可爱的直爽，但是那某一点总是在那儿，她到那儿就不过去了。

再过去有什么没有呢？哈雷说"没有"。评她无味，"那冷冰冰的劲儿，凡是好看的女人总是那样，也许她有点儿贫血，神经不灵的”。但是培达不跟他同意，至少现在还不能同意。

“不，她坐着那样儿，头侧在一边，微微地笑，就看出她背后有事情，哈雷，我一定得知道她究竟有什么回事。”

“也许是她的胃强。”哈雷回答说。

他就存心说这样话来浇培达的冷水……“肝发冻了，我的乖孩子，”或是“胃气胀”，或是“腰子病”，一类话。说也怪培达就爱这冷劲儿，她就佩服他这一下。

她跑客厅里去生上了火，再把曼丽放得好好的椅垫榻垫一个一个全给捡在手里，再往回掷了上去。这来味儿就不同，这间屋子就活了似的。她正要掷回顶末了的一个，她忽然情不自禁地抱住了它往胸前紧紧地挤一挤。但这也没有扑灭她心头的火。呒，更旺了！

客厅外面是走廊，窗子开出去正见花园。那边靠墙的一头，有一株高高的瘦瘦的白梨树，正满满艳艳开着花。它那意态看得又爽气又镇静的，冲着头顶碧匀匀的天。这在培达看来简直满是开得饱饱的花，一个骨朵儿、一朵烂的都没有。地下花坛里的玉簪，红的紫的，也满开着，像是靠着昏似的。一只灰色的猫，肚子贴着地，爬过草地去，又一只黑的，它的影子，在后面跟。培达看了打了一个寒噤。

“猫这东西偷爬爬的多难看！”她低哆说着，从窗口转过身来，在屋子里来回地走着。

那寿菊在暖屋子里味儿多强。太强？喔，不。但她还像是叫花味儿熏了似的，把身子往榻上一倒，一双手紧扪着眼。

“我是太快活了——太快活了！”她低声说。

她仿佛在她的眼帘上看出那棵满开着花、美丽的白梨树象征她自己的生活。

真的——真的——她什么都有了。她年纪是轻的。哈雷跟她还是同原先一样的热，俩人什么都合适，真是一对好伙计。她有了一个怪可疼的孩子。他们也不愁没有钱。这屋子，这园又多对劲，再好也没有了。还有朋友——新派的、漂亮的朋友，著作家诗人画家，或是热心社会问题的——正是他们要的一类朋友。此外还有书看，有音乐听，还找着了一个真不错的小成衣，还有到了夏天他们就到外国旅行去，还有他们的新厨子做的炒鸡子真好吃……

“我是痴子。痴了！”她坐了起来。可是她觉着头眩，醉了似的。一定是春困的缘故。

是呀，这是春天了。她这会儿倦得连上楼去换衣服都没了劲儿了。

一身白的，一串珠子，绿的鞋，绿的袜子。这也不是有心配的。她早几个钟头就想着这配色了。

她的衣瓣悚悚地响进了客厅，上去亲了亲那太太，她正在脱下她那怪好玩的橘色的外套，沿边和前身全是黑色的猴子。

“……唉！唉！为什么这中等阶级总是这颟顸——一点点子幽默都没有！真是的，总算是运气好我到了这儿了——亏得脑门有他保驾。因为满车子人全叫我的乖猴子们给弄糊涂了，有一个男人眼珠子都冒了出来，像要吞了我似的。也不笑——也不觉着好玩——我倒不介意他们笑，他们偏不。不，就这呆望着，望得我厌烦死了。”

“可是顶好笑的地方是，”脑门说，拿一个大个儿的玳瑁壳镶边的单眼镜安进了他的眼，“我讲这你不嫌不是，费斯？”（在他们家或是当着朋友他们彼此叫费斯与麦格）顶好笑的地方是后来她烦急了转过身去对她旁边的一个女人说：“你以前就没有见过猴子吗？”

“喔，可不是！”那太太加入笑了，“那真是笑得死人不是？”

还有更可笑的是现在她脱了外套她那样子真像是一个顶聪明的猴子——里面那身黄绸子衣服是拿刮光了的香蕉皮给做的。还有她那对琥珀的耳环子，活宕宕的像是两个小杏仁儿。

门铃响了。来的是瘦身材苍白脸的安迪华伦，神情异常的凄惨（他总是那样子的）。

“这屋子是的，是不是？”他问。

“喔，可不是——还不是。”培达高兴地说。

“我方才对付那汽车夫真窘急了我，再没有那样恶形的车夫。我简直没有法儿叫他停。我愈急愈打着叫他，他愈不理愈往前冲。再兼之在这月光下，他那怪样子扁脑袋蹲在那小轮盘上……”

他打了一个寒噤，拿下了一个多大的白丝围巾。培达见着他袜子也是白的——美极了。

“那真是要命。”她叫着。

“是呀，真是的。”安迪说，跟她进了客室，“我想象我坐着一辆无时间性的汽车，在无空间性的道上赶着。”

他认识脑门夫妇。他正打算写一本戏给他们未来的新剧场用。

“唉，华伦，那戏怎么了？”脑门那德说，吊下了他的单眼镜，给他那一只眼一会儿张大的机会，上了片子就放小了。

脑门太太说：“喔，华伦先生，这袜子够多写意？”“你喜欢我真高兴。”他说，直瞅着他的脚，“这袜子自从月亮升起以后看白得多。”他转过他的瘦削的忧愁的年轻的脸去对着培达，“是有月亮，你知道。”

她想叫着：“可不是有——常有——常有！”

他真的是顶叫人喜欢的一个人。可是费司也何尝不然，钻在她香蕉皮里蹲在炉火面前，麦格也有趣，他抽着烟卷，敲着烟灰说话：“新官人为什么这慢吞吞的？”

“啊，这是他来了。”

嘭地前门开了又关上。哈雷喊着："喂，你们全来了。五分钟就下来。"他们听他涌上了楼梯去。培达不由得笑了，她知道他做事就爱这逼得紧紧的。说来这提另的五分钟有什么关系？他可得自以为是十二分的重要。他还得拿定主意走进客厅来的时候神气偏来得冷静、镇定。

哈雷做人就这有兴味。她最喜欢他这一点。还有他奋斗的精神——他就爱找反抗他的事情作为试验他的胆力的机会——那一点，她也领会。就是在有时候在不熟识他的人看来似乎有点可笑……因为有时他揎起了手臂像打架，实际上可并没有架打……她一头笑一头讲直到他进屋子来她简直地忘了富珠儿还没有到。

"怕是富小姐忘了吧！"

"许会的，"哈雷说，"她有电话没有？"

"啊！来了一个车。"培达微微地笑着她那带着点子"物主人"得意的神气，当着她的"找着的"女朋友还没有使旧还带神秘性的时候，"她是在汽车里过日子的。"

"那她就会发胖，"哈雷冷冷地说，拉铃叫开饭，"漂亮女人顶可怕的危险。"

“哈雷——不许。”培达警告着，对他笑着。

他们又等着一小会儿，说着笑着，就这一点点子过于舒服，过于随便的样子。富小姐进来了，一身银色衣服，头上用银丝线拢住她的浅色的美头发，笑吟吟的，头微微地侧在一边。

“我迟了罢？”

“不，刚好，”培达说，“大家来。”她挽了她的手臂，他们一起走进饭间里去。

碰着她那冷胳膊的时候培达觉着点子也不知什么它能扇旺——扇旺——放光——放光——那快活的火她不知道怎么办才好？

富小姐没有对她看，可是她很难得正眼对人看的。她的厚厚的眼睑裹住她的眼，她的异样的半笑不笑的笑在她的口唇上来了又去，正如她平常就用耳听不用眼看似的。但是培达知道，不期然的，就同她们俩曾经相互长长地款款地注视——就同她们俩已经对彼此说过：“啊，你也是的？”——她知道富珠儿在搅动淡灰色盘子里美美的红色汤的时候也正觉着她所觉着的。

还有别人呢？费司与麦格，安迪与哈雷，他们的调羹一起一落的——拿手布擦着嘴，手捏着面包，捻着叉子擎着杯，一路说着话。

“我在一个赛会地方见着她的——怪极了的一个人。她不但铰了她的头发，看神气倒像她连她的腿她的胳膊她的脖子她的怪可怜儿的小鼻子都给剪子抹平了似的。”

“她不是跟密仡耳屋德顶密切的不是？”

“就是写《假牙中的恋爱》那个人？”

“他要写个戏给我。一幕。一个男人，决意自杀。列数他该死与不该死的缘由。正当他快要决定他还是干还是不干——幕下。意思也顶不坏。”

“他想给那戏题什么名字叫‘肚子痛’？”

“我想我在一个法国小戏里看到过同样的意思——在英国不很有人知道。”

不，在他们间没有那一点子。他们都是有趣的——趣人——她乐意邀他们来，一起吃饭，给他们好饭好酒吃喝。她真的想撑开了对他们说她怎样爱他们的风趣，这群人聚在一起多有意味，色彩各各不同的，怎样使她想起契诃甫的一个戏！

哈雷正受用着他的饭。这就是他的——是的，不定是他的本性，不完全是，可决不是他的装相——他的——就是这么回事——爱这讲吃食，顶得意他那“爱吃龙虾的白肉的不知耻的馋欲”，还有“榧子冰冻上面的那一层绿——又绿又冷的像是土耳其跳舞女人们的眼皮”。

当着他仰起头向着她说：“培达，这奶冻真不坏！”她快活得孩子似的连眼泪都出来了。

喔，为什么她今晚对着这世界来得这样的心软？什么东西都是好的——都是对的。碰着的事情都仿佛是可把她那快活的杯子给盛满了。

可还是的，在她的脑后头，总是那棵梨花树。这会儿该是银色了，在可怜的安迪哥儿的月光下，银得像富小姐似的银，她坐在那儿翘着她那瘦长的手指儿玩着一只小橘子，多光多白的手指，看得漏光似的。

她简直的想不透的一点——那简直是神妙——是怎么的她就会猜中富珠儿的心，猜得这准、这飞快。因为她从不疑问她猜得对，可是她有什么凭据呢，比没有还没有。

“我想这在女人间是很——很少有的。男人更不用提了，”培达心里想。“可是回头我到客厅去倒咖啡的时候也许她会‘给我一点消息’。”

这话怎么讲她也不知道，以后便怎么样她也不能想象。

她一头想着，一面见她自己笑着说着话。她因为要笑所以得讲话。

“我不打哈哈，怎么着。”

但是当她注意到费司老是拿什么东西往她的紧身里塞似的那怪脾气——倒像是她那儿也有一个藏干果的小皮袋——培达急得把手指甲在她的手背上直掏单怕撑不住笑太过分了。

******

好容易饭席散了。“来看我的新咖啡炉子。”培达说。

“我们也就每两星期换一架新的。”哈雷说。这回费司挽了她的臂膀。富小姐低下了头，在后面跟着。

客厅里的火已经翳成了一个红的跳光的“小凤凰的

窠”，费司说。

“等会儿再开灯。就这光可爱。”她又在炉火前蹲了下去，“她总是冷的……当然是为没有穿她那件小红法兰绒衫子。”培达想。

正那时候富小姐“给消息”了。

“你们有园吗？”那冷冷的带睡意的声音说。

这来太美了，培达只能顺着她的意思。她走过一边去，拉开了窗幔，打开了长窗。

“这不是。”她喘着气。

这来她们俩站在一起看着那棵瘦小的满花的树。园里虽是静定，那树看得，像一支蜡的焰头，在透亮的空气里直往上挺，走着上去，跳动着，愈长愈高了似的冲她们这瞅着——差点儿碰着那圆的银色的月的圆边儿了。

她们俩在那儿站了有多久，就比是在那天光的圈子里耽着，彼此间完全相知，同是另一个世界的人，正不知怎么才好，两人心口里全叫这幸福的宝贝给烧得亮亮的，朵朵的银光从她们的发上手上直往下掉。

永远——在一刹那间？富小姐她不是低声在说：“是

的。就是那个？”还是培达的梦想？

灯光燃上了，费司调着咖啡，哈雷说：“我的好那德太太，我们孩子的事情不用问我。我从来不见她的。要我对她发生兴趣，总得等她有了爱人以后吧。”麦格把他的单眼解放了一会儿又把那玻璃片给盖上了，安迪华伦喝了他的咖啡放下杯子去，脸上满罩着忧伤，像是喝醉了酒看见了蜘蛛似的。

“我的意思是要给年轻人一个机会。我相信伦敦市上多的是真头等没写起的剧本。我要对他们说的话是：‘戏场现成在这儿，干你们的。’”

“亲爱的，你知道我要去替耐登家给布置一间屋子。喔，我多么想来一个‘煎鱼’主意试试，拿椅子的后背全给做成煎盘形，幔子上满给来上一条条的灼白薯的绣花。”

“现在我们的年轻的写东西人的一个毛病是他们还嫌太浪漫。你要到大洋里去你就得抵拼晕船要吐盆。那也成，为什么他们就没有吐盆的勇气？”

“那首骇人的诗讲一个女孩子叫一个没有鼻子的讨饭在一个小——小林子里毁了……”

富小姐在一张最矮最深的椅子上沉了下去，哈雷递烟卷儿转过来。

看他那站在她面前手摇着银盒子快声地说："埃及？土耳其？浮及尼亚？全混着的神气，培达就明白她不仅招他烦，他简直的不喜欢她，她又从富小姐的回话："不，多谢，我不吸烟。"认定她也觉着了并且心里难受。

"喔，哈雷，不要厌烦她。你对她满不公平。她是太——太有意思了。再说她是我喜欢的人，你先就不能这冷劲儿地对她。回头我们上了床等我来告诉你今晚的情形。她跟我彼此灵通的那一点子。"

*****

就冲这末了的几句话突然间有一点子古怪的，吓得人的什么直透过培达的脑筋。这点子瞎眼的带笑容的什么低低地对她说："一会儿客就散了，一会儿屋子就静——静静的。灯全关上了。就剩你与他两口子一起在黑屋子里——那暖烘烘的床……"

她从坐椅里跳了起来跑到琴那边去了。

“没有人弹琴多可惜呀！”她叫着。又“多可惜没有人弹”。

在她一辈子她第一次觉着她“要”她丈夫。

喔，她是爱他——当然啰她别的那一件事不爱着他，可是就差“这一来”。她也明白，当然，比方说吧，他同她是两样的。他们研究这问题也不止一回了。她最初发现她自己这样的冷，她也很发愁，但过了一时也就惯了，没有什么交关似的。他们彼此间什么话都撑开了说——多好的一对。那就新派人的好处。

可是这会儿——这火热的！火热的！单这字就叫她火热的身体发痛。难道这就是方才心里说不出的快活的结果？可是那就，那就——

“亲爱的，”脑门那德太太说，“你知道我们的可怜。我们少不了做时间跟车的奴隶。我们住在西北城。今晚真可乐。”

“我陪着你到外厅去，”培达说，“我爱你们躺着。可是你们不能误了末一次的车。那真是腻烦不是？”

“来一杯威士克，那德，先不要走。”哈雷在叫。

“不，谢谢了，老朋友。”

培达真感谢他没有耽下来，在她的握手里表示了。

“好睡，再会了。”她从最高那石级上叫着，心里觉着这一个她跟他们从此再会了。

她回进客厅的时候别人也已经在动了。

“……那么你可以乘我的车走。”

“那太好了，省得我单身坐车再来冒险，方才来时候已经上了当。”

“路底就有车，走不到几步路。”

“那合适。我穿外套去。”

富小姐向外厅走着，培达正想跟，哈雷几乎挤着走上了她前。

“我来帮你忙。”

培达知道他懊悔方才的傲慢了——她由他去，他多像个孩子，有地方——就这任性的——就这——简单的。

火跟前就剩了安迪跟她。

“我不知道你有没有见过毕尔克士的新诗，叫作‘公司菜',"安迪软软地说,"那诗太好了。在最新出的一本诗选里。你有那本子没有?我一定得指给你看。第一行就是不可思议的美:'为什么那总得是番茄汤?'""有的。"培达说。她站起来不出声息地走到那正对客厅门那一张桌子边去,安迪也不出声息地跟着她,她捡着了那本小册子,递给了他:他们一点没有出声。

他仰起头来的当儿她转过她的头去正对着外厅。她看见……哈雷拿着富小姐的外套,富小姐背着他,低着头。他拿手里的外套一扔,把手放在她的肩膀上,强烈地转过她来向着他。他的口里说:"我爱你!"富小姐拿她月光似的手指放在他的脸上,笑了笑,她那带睡态的笑。哈雷的鼻孔跳动着,他扭着他的嘴唇,怪丑相的口里低低地说:"明天。"接着富小姐扬着她的眼皮说:"好。"

"在这儿了,"安迪说,"为什么那总得是番茄汤,这意思真是对,深刻极了,你觉不觉得?番茄汤!永远是那番茄汤。"

"你要的话,"哈雷的声音很响亮的在外厅说,"我可以打电话叫车到门口来。"

“喔不，用不着。”富小姐说，她走上来拿她的瘦长手指给培达抓一抓。

“再会，真多谢你。”

“再会。”培达说。

富小姐握着她的手较久一点。

“你那棵可爱的梨花树！”她吞吐地说。

她走了，后面跟着安迪，像那黑猫跟着灰猫。

“我来上店板。”哈雷说，过分地冷，过分地镇定。

“你那棵可爱的梨花树——梨花树——梨花树！”

培达简直地跑了到那长窗子一边去。

“喔，这来下文是什么呢？”她叫着。

但那梨花树还是照样可爱，原先一样的满开着花，一样的静定。

一个理想的家庭

那天下午老倪扶先生挨出了（他公司的）旋门，步下三道的石级，踏上边道，迎着满街的春意，才知道，生平第一遭，他的确是老了。——老不禁春了。春，又暖和，又殷勤，又匆忙的春，已经来了，吹弄他的白须，温存地搂着他的臂腕，他却是对付不了。他如今老了，再不能拉整衣襟，向前迈步，青年的飒爽，他没有了，他是乏了，那时晚照虽浓，他却觉得寒噤遍体。

霎时间他没有了精力，他再没有精神来对付明畅活泼的春，春情转把他缠糊涂了。他想止步不前，想把手杖来挥散春光，想喝一声："走你们的！"霎时间他没有了精力，就是一路照例地招呼，把手杖来轻点着帽檐，招呼一路的朋友，相识，店伙，邮差，车役，他亦觉得老大不自在。他往常心里爽快时，喜笑的斜瞬总连着殷勤的手势，仿佛说“别看我老，我比你们谁都强些”，——如今他连这一比一瞬都办不了了。他踉跄地走着，把膝部提得高高的，仿佛他在走过的空气，像水般变重了变成实质了似的。那时正值散市，一路匆匆的满是归家的人，街车不住地郎当，小车不住地切察，汽车摇着巨大的躯体，滚旋地前进，那样漫不经心的冲窜，只是梦想的。

******

那天在公司里，一切如常，没有发生什么事，海乐尔饭后到将近四点才回。他哪里去了呢？他干什么来了？他不去让他爹知道。老倪扶先生碰巧在前廊送客，海乐尔荡着大步进来了，老是他那神气，从容，娴雅，唇边挂着他那最讨女人喜欢似笑非笑的笑。

啊！海乐尔太漂亮了，实在是太漂亮了，种种的麻烦就为的是那个。男子就不应该有那样的眼，那样的睫，那样的口唇，真的怪。他的娘，他的妹，家里的仆役，简直把他神而明之捧。他们崇拜海乐尔，什么事都饶恕他。他从十三岁起就不老实，那年偷了他娘的钱包，拿了钱，把空钱包藏在厨子的房里。

老倪扶先生走着，想起了他，不觉狠狠地把手杖捶着地走道的边儿。他又回想海乐尔也不单让家里人给宠坏了，不，他的坏什么人都有份，他只要对人一看一笑，人家就会跑到他的跟前，所以无怪他竟整个的公司也着他的魔，哼，哼！那可不成，做生意不是闹着玩，就是根柢打稳准发财的大公司，也不能让闹着玩，要做生意，就得一心一意去做，要不然什么好生意都会当着眼前失败。可是一面夏罗同女孩子们整天的嬲着他！要他把生意整个交给海乐尔，要他息着，享自己的福，自个儿享福！老倪扶先生越想越恼，爽性在政府大楼外面那堆棕树下待着不走了！自个儿享福！晚风正摇着黑沉沉的叶子，轻轻地在咯嘎作响。好，叫他坐在家里，对着大拇指不管事，眼看一生的事业，在海乐尔秀美的手指缝里溜跑，消散，临了整个儿完事，一面海乐尔在笑……

******

爹呀，你为什么不讲理？真是完全地用不着，你天天地到公司去。人家见了你反而笑话你老态，说你神气看得多倦，这不是让我们也不好意思吗？这儿有的是大房子、花园。还不会自个儿享福，单就生活换个样儿，也就有意思不是？要不然你就来一样嗜好，消遣也好。

老腊那孩子就提起嗓子唱了进来："谁都得有点儿嗜好，要不然就过不了活。"

得，得！他忍不住恶狠狠地笑了，一面他使着狠劲，在爬那小山，过了小山就是哈各德大路。他要是有了嗜好，夏罗和老腊那群孩子，便怎么办？他倒要问问。嗜好付不了房租，付不了海边的避暑，付不了她的马、她们的高尔夫球戏，付不了她们音乐间里跳舞用六十几镑的传声机。并不是他舍不得她们花费。不，她们全是顶漂亮、顶好看的女孩子，夏罗也是位了不得的太太，活该她们那么混。真的是，全城里哪一家都比不上他们家那么交际广、体面。可不是，老倪扶先生每回在客厅桌上推着烟匣子让客，听的总是好话，称赞他的太太，称赞他的女孩子，甚至称赞他自己。

“你们是个理想的家庭，老先生，一个理想的家庭，仿佛是在书上念剧或是戏台上看的似的。”

“算了算了，我的孩子，”老倪扶先生答道，“试试这烟，看合适不合适？你要愿意到花园去抽烟，孩子们大概全在草地上玩着哪。”

所以这群女孩子全没有嫁人，人家就这么说。她们愿意嫁谁都成，可是她们在家太乐了。她们整天地在一起玩，多么乐，女孩子们外加夏罗，哼，哼！得了，得了！许是这么回事……

他已经走完了那条时髦的哈各德大路。他已经到了街角那所屋子，他们的住宅。进出车马的门推在那里。地上有新过的车轮痕迹，他面对着这所白漆的大楼，窗子满开着，花纱的窗帘向外飘着，宽阔的窗沿上摆着玉簪花的蓝瓷花盆。车道的两边满开着他们的紫阳花，全城有名的。一穗粉红的，浅蓝的花，像阳光似的和杂在纷披的叶子中间，老倪扶先生看看屋子，看看花，又看看车道上新印的轮迹，仿佛他们都在对他说此地有的是青年的生活，有的是女孩子们！

外厅里还是老样子，昏沉沉的满是围巾、洋伞、手套等类，全堆在那橡木柜架上。音乐间里有琴声，又快又响，不耐烦的琴声。客厅的门半掩着，漏出里面的人声。

“那么，有冰淇淋没有呢？”夏罗的声音，接着她摇椅的轧哩轧哩响。

“冰淇淋！”安粟叫道，“我的亲娘，你从没有见过那样的冰淇淋，就是两种，一种是平常店里的小杨梅冰，沿边化的全是水。”

“那饭整个坏得太可怕了。”玛丽安接着说。

“可是，冰淇淋总还太早点。”夏罗缓缓地说。

“怎么呢，要有就得好。”安粟又开口。

“对呀！宝贝。”夏罗轻着口音说。

忽然音乐间门啪地打开了，老腊冲了进来，她一见老倪扶先生站着，吓了一跳，差一点喊了出来。

“啊呵，是爹！你吓得我！你才回家吗？怎么的查利士不来帮你脱外套？”

她满脸羞得通红，两眼发光，头发落在额上，她气喘得像方从暗里跑了出来，受了惊似的，原来这就是老腊，是不是，但是她似乎把老子忘了，她等在那里可不是为他。她把持皱了的手绢角放在牙齿中间，恨恨地咬着。电话响了，啊啊！老腊吱的一声叫，当着他直冲了过去。嘭的一声电话间的门关紧了，同时夏罗叫道："爹，是你不是？"

"你又乏了。"夏罗抱怨地说着，她停止了她的摇椅，把她暖暖的熟梅似的脸凑上去让他亲吻。

头发烁亮的安粟在他的胡子上啄了一下，玛丽安的口唇刷着他的耳。

"你走回来的，爹？"夏罗问。

"是，我走回家的。"老倪扶先生说着，在一张客厅大椅里沉了下去。

"可是你为什么不坐个车？"安粟问，"那时候有的是车，要几百都有。"

"我的乖乖安粟，"玛丽安叫道，"要是爹真愿意累坏他自个儿，我看我们也没有法子去干涉。"

"孩子们，孩子们。"夏罗甜着口音劝着。

玛丽安可不肯停嘴:“不，娘，你宠坏了爹，那不对的。你得对他认真点儿,他是顶顽皮。”她笑着她又硬又响的笑，对着镜子掠她的头发。真怪！她小的时候，嗓子顶软，话也说不出口似的，她有时简直是口吃，可是现在，不论说什么——就是在饭桌上的“爹，劳驾梅酱”，她总是唱着高调，仿佛在台上唱戏似的。

“你来的时候海乐尔离了公司没有，我爱？”

夏罗问道，又把坐椅摇了起来。

“我不很清楚。”老倪扶先生说。

“我说不上，四点钟以后我就没有见他。”

“他说……”夏罗正要说下去，安粟在报纸里乱翻了一阵，忽然跑过来，蹲在她娘椅子的旁边叫道:“这儿，你看，我要的就是那个。妈，黄的，有点银子的，你不爱吗？”

“给我吧！宝贝。”夏罗说，她摸着了她的玳瑁眼镜，戴上了，把她丰腴的小手指，轻抚着那页纸，把她的口唇荷包似的卷了起来。“吭，真可爱！”她含糊小语着。她从眼镜边儿上面望出来，看看安粟:“我可不喜那裙飘。”

“不喜那裙飘！”安粟哭丧着声音喊道，“好的就是那裙飘。”

“我来，娘让我看。”玛丽安咄的把那页纸从夏罗手中抢了过去。“我说娘对的，”她高兴地喊说，“有了那裙飘，看得太重了。”

老倪扶先生，人家早把他忘了，一和身沉在他坐椅的宽边儿里面，昏昏地假寐着，听她们说话，仿佛在做梦似的。他真是乏了，他再也使不出劲儿。今夜连自己的太太和女孩子们，他都受不住，她们是太……太。

他半睡着的在心里所能想着的就只——他是大富了。在什么事情的背后，他都看见有个枯干的小老头儿在爬着无穷尽的楼梯，他是谁呢？

“今晚上我不换衣服了。”他含糊地说。“你说什么，爹？”“呒！什么，什么？”老倪扶先生惊醒了，睁着眼向她们望。“我今晚上不换衣服了。”他又说一遍。

“可是我们请了罗雪儿，达文伯，还有华革太太。”

“那可不是春的不大好，一拆样儿。”

“你人好过吗，我爱？”

“你自己又不用使劲，要查理士干什么？”

“可是你要真是来不得，”夏罗在迟疑。

“成，成，成。”老倪扶站了起来，自个儿跑上楼，他方才隐约梦见爬楼梯的那个小老头儿，仿佛就在他面前引路。年轻的查理士已经在更衣房里等他，很小心地他在拿一块手巾围着那热水筒。年轻的查理士，自从脸子红红的小孩子时候到家来收拾火炉以来，就是他得爱的当差。老倪扶先生一进房，坐下在窗口一张藤编的长椅上，伸出了一双腿，照例开他每晚的小玩笑。

“查理士把他打扮起来了！”查理士皱着眉，深深地呼吸着，凑上前去把他领结里的针拔了出来。

吭，吭！好，好！坐在打开的窗前很爽快，很爽快——很温和的黄昏，下面正有人在网球场上剪草。他听得刈草器的咄咄。不久那女孩子们又要开网球会了。一想着球会，他就好像听得玛丽安的声音荡着，“有你的，伙计……打着了，伙计，啊，真好哪！”接着夏罗在廊下叫着“海乐尔在哪儿？”安粟说：“他总不在这儿，娘。”夏罗又含糊地回着：“他说……”

老倪扶先生叹了一口气，站了起来，一手摸在他胡子的下面，从查理士手里取过梳子，很当心地把他白胡子梳了几道，查理士递给他一块折齐的手帕，他的表和图章，眼镜盒子。“合适了，孩子。”门关上了，他又坐了下去，就是他一个人……

现在那小老头儿又在无穷尽的楼下漂亮的饭厅里，灯火开得旺旺的。

啊！他的腿！像蜘蛛的腿——细小，干瘪了的。

“你们是个理想的家庭。”可是那话要是实，为甚夏罗或是女孩子们不曾留住他。为甚他老是一个人，爬上爬下的，老是一个人。海乐尔在哪里？啊！再不要盼望海乐尔什么事。下去了，那小小的老蜘蛛下去了。老倪扶先生心里害怕，因为他见他溜过了饭厅，出了门，上了暗沉沉的车道，出了车马进出的门，到了公司。你们留住他，留住他，有人没有！

老倪扶先生又惊觉了。他的更衣房里已经黑了，窗口只有些惨淡的光。他睡了有多久？他听着，他听得远远的人声，远远的声浪，穿过这又高又大昏黑了的房子，传到他的耳边。也许，他昏沉地在想，他已经睡得好久了，谁也没有记着他，全忘了他，这屋子，夏罗，女孩子们，海乐尔——与他有什么相干，他知道他们什么事？他们是他的生人。生命已经在他面前过去了。夏罗已不是他的妻子，他的妻子……黑沉沉的门口，一半让青藤给掩着了，青藤仿佛懂得人情，也在垂头丧气，发愁似的。小的暖的手臂绕着他的项颈。一张又小又白的脸，对他仰着，一个口音说道："再会罢，我的宝贝。"

"我的宝贝！再会吧，我的宝贝。"她们里面哪一个说的，她们为甚要再会？准是错了，她是他的妻，那个面色苍白的小女孩子，此外他的一生只是一个梦。

这时候门开了，年轻的查理士，站在灯亮里，垂着一双手，像个年青的兵士，大声喊道："饭已经端出来了，先生！"

"我来了，我来了！"老倪扶先生说。

刮风

忽然间，怪害怕的，她醒了来。有什么事？出了什么大不了的事似的。不，什么事都没有。就是风，刮着房子，摇着窗，砸响着屋顶上的一块铁皮，连她睡着的床都在直晃。树叶子在窗外乱飞，飞上来，又飞了去。下面马路上飞起一整张的报纸，在半空中直爬，像一只断线鹄，又掉了下去，挂在一株松树上。天冷着哪。夏天完了——这是秋天了——什么都看得寒碜，运货车的铁轮子响着走过，一边一边地摆着；两个中国人肩上扛着安蔬菜筐子的木架子在道上一颠一颠地走着——他们的辫子、蓝布衫在风里横着飞。一只白狗跷着一条腿嗥着冲过前门。什么都完事了！什么？喔，全完了！她那手指抖抖地编着她的头发，不敢往镜子里看。娘在厅上给祖母说着话。

“蠢死了！这天色还不把晒着的东西全收了进来……我那块顶精致的小茶桌纱布简直给刮成了破布条儿。那怪味儿是什么呀？麦粥烧焦了。可了不得——这风！”

她十点钟有音乐课。这一想着贝多芬低半音的调子，就在她的脑子里直转，音波颤动着又长又尖的像是小摇鼓琴儿。……史家的曼丽跑到间壁园子里去采菊花省得叫风给白糟蹋了。她的裙子抹上腰身撑开了飞；她想给往下按着，蹭下去把它夹在腿中间，可是不成，呼地它还是往上飞。她身旁的树、草，全摇着。她尽快地采，可是她的心乱着。她也顾不得花，随便乱来——把花连根子都起了出来，胡乱地折着揪着，顿着脚赌咒。

“你们就不会把前门关上的！绕到背后去关。”有人在嚷着。接着她听见宝健：“娘，找你说电话。电话，娘。肉铺子的。”

这日子多难过——烦死，真叫人烦……得，这回她帽子上的宽紧带又炸了。不炸还怎么着。她换上了一顶旧软帽，想走后门溜了出去。可是娘已经见了。

“玛提达，玛提达。快——快快地回来！怎么着你头上戴的是什么呀？倒像个盖茶壶的软兜子。那一纠长头发又给甩在前面算什么了。”

“我不进来了，娘。我上课去，已经太迟了。”

“赶快回来！”

她不。她不干。她恨娘。“去你的，”她大声叫着，往街上直跑。

海里浪似的，天上云似的，一卷卷大圆股儿的土直迎着来刺人，土里还夹着一点点的稻草、米糠、焙干的肥料。园子里的树大声地叫着，她站在路底那间屋子普伦先生的家门前，连海的啸响都听着了：“啊！……啊！……啊！啊！”但是普伦先生的客厅里还是山洞一样的静。窗子全关着，窗幔拉下一半，她并没来晚。“在她前那女孩子”正练着麦克道威尔的《冰岛歌》。普伦先生转眼过来看着她，半笑不笑的。

“坐下，”他说，“坐那边那个沙发，小姑娘。”

多怪，他那样儿。也不能说他一定怎么笑你……可是总有点儿……这屋子里多清静呀。她喜欢这间屋子。闻着有充毛哔叽、陈烟、菊花的味儿……火炉架上鲁本斯达那相片的背后放着有一大盆那……“送给我的好友洛勃普伦……”那黑色闪光的钢琴上也挂着“孤独”——一个穿白衣服、脸上暗沉沉、神情悲惨的妇人，坐在一块石头上，她的腿交叠着，她的下巴在她的手上。

“不，不！”普伦先生说，他就靠下身子去，把他的胳膊放在那女孩子的肩膀上，替她弹了一道。这笨劲——她面红了！多可笑！

在她前那女孩子走了，前门嘭地关上了。普伦先生回进房来，来回地走着，他那温和的样子，等着她。这事情多怪呀。她的手指儿直发震，连那音乐书包上的结子都解不下来。这是风刮的……她的心也直跳，仿佛她那裙子准叫风刮得一上一下地乱飞。普伦先生一句话也不说。那张旧的红绒琴凳子长够两个人并着坐。普伦先生并着她坐下了。

“我先试试指法好不好？”她问，捧着一双手紧紧地挤，“我也练过一点快指法。”

但是他不回话。竟许他听都没有听见……忽然间他的白净的手戴着一个戒子的伸了过来，打开了贝多芬。

“我们稍为来一点大家的吧。”他说。

但是为什么他说话这样的和气——这太和气——倒像他们是老朋友。彼此什么都明白似的。

他慢慢地翻着书篇。她看着他的手——多美的一只手，看得老像是才洗干净似的。

“有了。”普伦先生说。

啊，他那和气的声音——啊，那低半音的调子。这是小鼓声来了……

“我来试一遍好不好？”

“好，好孩子。”

他的声音是太、太过分地和气了。那乐谱上的半音符与快半音符直跳着像是一群黑小孩子在墙篱上跳着玩似的。他为什么这……她不哭——她没有什么要哭的……

“怎么了，好孩子？”

普伦先生拿了她的手。他的肩膀正挨着她的头。她就这一点点儿靠着它，她的脸挨着那疏松的粗呢。

“做人没有意思。”她低声地说，可是她一点也不觉得没有意思。他也说了些什么“等一等”“小心拍板”“那珍贵的东西，一个女人”，但是她没有听着。这多舒服……老是这……

突然间门开了，史家的曼丽蹿了进来，离她的时候还远着远着哪。

“这快调还得快一点。”普伦先生说，他站了起来，又在屋子里来回地走着。

“坐那沙发椅，小姑娘。”他对曼丽说。

这风，这风。一个人坐在她自个儿屋子里怪害怕的。那床，那镜子，那脸盆小壶，全亮着，像外面的天。这张床就叫人怕。它躺在那里，睡得着着的……娘得知不得知这被盖上放着一纠纠像蛇盘似的袜子全得我补？她再不想。不，娘。我不知道为什么，我一定得……这风，这风！烟囱里刮下来有煤灰味儿。有谁写诗给风的……“我带花给叶子给雨”，……胡扯。

“是你呀，宝健？”

“来同我到海边上去走走，玛提达。这我再也受不住了。”

“有理。让我披上外套。这天多坏！”宝健的外套跟她的一样。扣上了领子她对镜子里照了照自己。她脸是白的，她们俩一样有那火亮的眼，火热的嘴。啊，镜子里的一对她们认识。再见，乖乖，我们就回来的。

“这样好，是不是？”

“扣上了。”宝健说。

她们走得总不够快。低着头，腿正碰着，她们俩看是一个急忙忙的人，走完大街，走下那不整齐的地，沥青道满长着小茴香花的，这下去就是靠海那块平地。天晚了——正是黄昏时。大风刮得她们俩走都走不稳，冲着风左颠右踱的像一对酒醉鬼。大场上的野草花儿全叫风给吹倒了。

“来呀！来呀！我们走近一点。”

过了那堤防外面的海里浪起得顶高。她们脱了帽子，她的头发腌在她的嘴里，满是盐味儿，海里风太大了，浪头直往上鼓，也不开花，浪上来嗤嗤的打着堤防的大石壁，长草的滴水的石级全叫淹了去。一股劲浪直冲了过来。她们身上全是水点，她的嘴里尝着又湿又凉的。

宝健说着话哪。她说话声音一高一低的。顶怪的——听了可笑——可是那天正合适。风带着她们的声音——一句句话直往外飞像是一条条小的窄的丝带。

“快一点！快一点！”

天愈迟愈黑了。海湾里上煤的靠船上有两个亮——一个高高的在桅上，一个在船艄上。

“看，宝健。看那边。”

一只大的黑轮船冒着一大卷烟，船舱圆窗洞里全默着亮，船上那处全是亮，正在开出去。大风留不住它；它破着浪走，向着那两边是光石子的湾门口去，这去是到……就这光过来显得她异样，又美又神秘的……她们俩臂挽臂地在船栏上靠着哪。

“……他们是谁？”

“弟弟跟姊。”

“看，宝健，那是我们的镇。看得真小不是？那是最末了一次的邮局钟。那是那块大场地，那天大风天我们在走着的。你记得不？那天我上音乐课还哭哪——多少年前的！再会吧，小岛，再会……”

这会儿见黑夜伸出一个翅膀盖住了沸翻的海水。他们瞧不见他们俩了。再会，再会。别忘了……但是那船已经走了！这时候。

曼殊斐尔

这心灵深处的欢畅，

这情绪境界的壮旷；

任天堂沉沦，地狱开放，

毁不了我内府的宝藏！

——《康河晚照即景》

美感的记忆，是人生最可珍的产业。认识美的本能，是上帝给我们进天堂的一把秘钥。

有人的性情，例如我自己的，如以气候作喻，不但是阴晴相间，而且常有狂风暴雨，也有最艳丽蓬勃的春光。有时遭逢幻灭，引起厌世的悲观，铅般的重压在心上，比如冬令阴霾，到处冰结，莫有些微生气。那时便怀疑一切，宇宙、人生、自我，都只是幻的妄的；人情、希望、理想，也只是妄的幻的。

Ah，human nature，how,
If utterly frail thou art and vile,
If dust thou art and ashes，is thy heart so great ?
If thou art noble in part,
How are thy loftiest and impulses and thoughts
By so ignobles causes kindled and put out ?
"Sopra un ritratto di una bella donna."

这几行是最深入的悲观派诗人理巴第(Leopardi)的诗。一座荒坟的墓碑上，刻着冢中人生前美丽的肖像，激起了他这根本的疑问——若说人生是有理可寻的，何以到处只是矛盾的现象；若说美是幻的，何以引起的心灵反动能有如此之深刻；若说美是真的，何以也与常物同归腐朽？但理巴第探海灯似的智力虽则把人间种种事物虚幻的外象，一一给褫剥了，连宗教都剥成了个赤裸的梦，他却没有力量来否认美，美的创现他只能认为是神奇的；他也不能否认高洁的精神恋，虽则他不信女子也能有同样的境界。在感美感恋最纯粹的一刹那间，理巴第不能不承认是极乐天国的消息，不能不承认是生命中最宝贵的经验。所以我每次无聊到极点的时候，在层冰般严封的心河底里，突然涌起一股消融一切的热流，顷刻间消融了厌世的凝晶，消融了烦恼的苦冻：那热流便是感美感恋最纯粹的一俄顷之回忆。

To see a world in a grain of sand,
And a Heaven in a wild flower,
Hold Infinity in the palm of your hand,
And eternity in an hour...

—Auguries of Innocence by William Blake

从一颗沙里看出世界，
天堂的消息在一朵野花，

将无限存在你的掌上。

刹那间涵有无穷的边涯……

这类神秘性的感觉，当然不是普遍的经验，也不是常有的经验。凡事只讲实际的人，当然嘲讽神秘主义，当然不能相信科学可解释的神经作用，会发生科学所不能解释的神秘感觉。但世上“可为知者道不可与不知者言”的事正多着哩！

从前在十六世纪，有一次有一个意大利的牧师学者到英国乡下去，见了一大片盛开的苜蓿在阳光中竟同一湖欢舞的黄金，他只惊喜得手足无措，慌忙跪在地上，仰天祷告，感谢上帝的恩典，使他见得这样的美，这样的神景。他这样发疯似的举动，当时一定招起在旁乡下人的哗笑。我这篇讲的经历，恐怕也有些那牧师狂喜的疯态，但我也深信读者里自有同情的人，所以我也不怕遭乡下人的笑话！

去年七月中有一天晚上，天雨地湿，我独自冒着雨在伦敦的海姆司堆特（Hampstead）问路警，问行人，在寻彭德街第十号的屋子。那就是我初次，不幸也是末次，会见曼殊斐尔——“那二十分不死的时间！”——的一晚。

我先认识麦雷君（John Middleton murry），他是 Athenaeum 的总主笔，诗人，著名评衡家，也是曼殊斐尔一生最后十余年间最密切的伴侣。

他和她自一九一三年起，即夫妇相处，但曼殊斐尔却始终用她到英国以后的笔名 Katherine Mansfield。她生长于纽新兰 New Zealand，原名是 Kathleen Beanchamp，是纽新兰银行经理 Sir Harold Beanchamp 的女儿。她十五年前离开了本乡，同着三个小妹子到英国，进伦敦大学皇后学院读书。她从小就以美慧著名，但身体也从小即很怯弱。她曾在德国住过，那时她写她的第一本小说 *In a German Pension*。大战期内她在法国的时候多。近几年她也常在瑞士、意大利及法国南部。她常在外国，就为她身体太弱，禁不得英伦雾迷雨苦的天时，麦雷为了伴她，也只得把一部分的事业放弃，（“Athenaeum”之所以并入“London Nation”就为此。）跟着他安琪儿似的爱妻，寻求健康。据说可怜的曼殊斐尔战后得了肺病以后，医生明说她不过两三年的寿限，所以麦雷和她相处有限的光阴，真是分秒可数。多见一次夕照，多经一次朝旭，她优昙似的余荣，便也消减了如许的活力，这颇使人想起茶花女一面吐血一面纵酒恣欢时的名句：

> You know I have not long to live,
>
> Therefore I will live fast!
>
> 你知道我是活不久长的，
>
> 所以我存心喝他一个痛快！

我正不知道多情的麦雷，眼看这艳丽无双的夕阳，渐渐消翳，心里“爱莫能助”的悲感，浓烈到何等田地！

但曼殊斐尔的“活他一个痛快”的方法，却不是像茶花女的纵酒恣欢，而是在文艺中努力。她像夏夜榆林中的鹃鸟，呕出缕缕的心血来制成无双的情曲，便唱到血枯音嘶，也还不忘她的责任是牺牲自己有限的精力，替自然界多增几分的美，给苦闷的人间几分艺术化精神的安慰。

她心血所凝成的便是两本小说集，一本是*Bliss*，一本

是去年出版的 *Garden Party*。凭这两部书里的二三十篇小说，她已经在英国的文学界里占了一个很稳固的位置。一般的小说只是小说，她的小说是纯粹的文学，真的艺术；平常的作者只求暂时的流行，博群众的欢迎，她却只想留下几小块“时灰”掩不暗的真品，只要得少数知音者的赞赏。

但唯其是纯粹的文学，她的著作的光彩是深蕴于内而不是显露于外的，其趣味也须读者用心咀嚼，方能充分的理会。我承作者当面许可选译她的精品，如今她去世，我更应当珍重实行我翻译的特权，虽则我颇怀疑我自己的胜任。我的好友陈通伯他所知道的欧洲文学恐怕在北京比谁都更渊博些，他在北大教短篇小说，曾经讲过曼殊斐尔的，这很使我欢喜。他现在也答应来选译几篇，我更要感谢他了。关于她短篇艺术的长处，我也希望通伯能有机会说一点。

现在让我讲那晚怎样的会晤曼殊斐尔。早几天我和麦雷在 Charing Cross 背后一家嘈杂的 A.B.C. 茶店里，讨论英法文坛的状况，我乘便说起近几年中国文艺复兴的趋向，在小说里感受俄国作者的影响最深，他喜得几于跳了起来，因为他们夫妻最崇拜俄国的几位大家，他曾经特别研究过道施滔庖符斯基，著有一本 *Dostoyevsky : A Critical Study*，曼殊斐尔又是私淑契诃夫 Tchekhov 的，他们常在抱憾俄国文学始终不曾受英国人相当的注意，因之小说的质与式，还脱不尽维多利亚时期的 Philistinism。我又乘便问起曼殊斐尔的近况，他说她一时身体颇过得去，所以此次敢伴着她回伦敦住两个星期，他就给了我他们的住址，请我星期四晚上去会她和他们的朋友。

所以我会见曼殊斐尔，真算是凑巧的凑巧。星期三那天我到惠尔思（H.G.Wells）乡里的家去了（Easten Clebe），下一天和他的夫人一同回伦敦，那天雨下得很大，我记得回寓时浑身全淋湿了。

他们在彭德街的寓处，很不容易找，（伦敦寻地方总是麻烦的，我恨极了那回街曲巷的伦敦。）后来居然寻着了，一家小小一楼一底的屋子，麦雷出来替我开门，我颇狼狈地拿着雨伞，还拿着一个朋友还我的几卷中国字画。进了门，我脱了雨具，他让我进右首一间屋子，我到那时为止对于曼殊斐尔只是对于一个有名的年轻女子作者的景仰与期望；至于她的“仙姿灵态”我那时绝对没有想到，我以为她只是与 Rose Macaulay，Virginia Woolf，Roma Wilson，Vanessa Bell 几位女文学家的同流人物。平常男子文学家与美术家，已经尽够怪僻，近代女子文学家更似乎故意养成怪僻的习惯，最显著的一个通习是装饰之务淡朴，务不入时，务“背女性”。头发是剪了的，又不好好地收拾，一团糟地散在肩上。袜子永远是粗纱的，鞋上不是沾有泥就是带灰，并且大都是最难看的样式，裙子不是异样的短就是过分的长，眉目间也许有一两圈“天才的黄晕”，或是戴着最可厌的美国式龟壳大眼镜，但她们的脸上却从不见脂粉的痕迹，手上装饰亦是永远没有的，至多无非是多烧了香烟的焦痕。哗笑的声音，十次有九次半盖过同座的男子。走起路来也是挺胸凸肚的，再也辨不出是夏娃的后身。开起口来大半是男子不敢出口的话：当然最喜欢讨论是 Freudian Complex，Birth Control 或是 George Moore 与 James Joyce 私人印行的新书，例如 *A Storytellers Holiday* 与 *Ulysses*。总之她们的全人格只是一幅妇女解放的讽刺画

（Amy Lowell 听说整天的抽大雪茄！），和这一班立意反对上帝造人的本意的“唯智的”女子在一起，当然也有许多有趣味的地方，但有时总不免感觉她们矫揉造作的痕迹过深，引起一种性的憎忌。

我当时未见曼殊斐尔以前，固然没有想她是这样一流的 Futuristic，但也绝对没有梦想到她是女性的理想化。

所以我推进那门时我就盼望她——一个将近中年和蔼的妇人——笑盈盈地从壁炉前沙发上站起来和我握手问安。

但房里——一间狭长的壁炉对门的房——只见鹅黄色恬静的灯光，壁上炉架上杂色的美术的陈设和画件，几张有彩色画套的沙发围列在炉前，却没有一半个人影。麦雷让我一张椅上坐了，伴着我谈天，谈的是东方的观音和耶教的圣母，希腊的 Virgin Diana，埃及的 Isis，波斯的 Mithraism 里的 Virgin 等之相仿佛，似乎处女的圣母是所有宗教里一个不可少的象征……我们正讲着，只听门上一声剥啄，接着进来了一位年轻的女郎，含笑着站在门口。“难道她就是曼殊斐尔——这样的年轻……”我心里在疑惑，她一头的褐色卷发，盖着一张小圆脸，眼极活泼，口也很灵动，配着一身极鲜艳的衣装——漆鞋，绿丝长袜，银红绸的上衣，酱紫的丝绒裙——亭亭地立着，像一棵临风的郁金香。

麦雷起来替我介绍，我才知道她不是曼殊斐尔，而是屋主人，不知是密司B——什么，我记不清了，麦雷是暂寓在她家的，她是个画家，壁上挂的画，大都是她自己的作品。她在我对面的椅子上坐了。她从炉架上取下一个小发电机似的东西拿在手里，头上又戴了一个接电话生戴的听箍，向我凑得很近的说话，我先还当是无线电的玩具，随后方知这位秀美的女郎的听觉是有缺陷的！

她正坐定，外面的门铃大响——我疑心她的门铃是特别响些。来的是我在法兰先生（Roger Fry）家里会过的Sydney waterloo，极诙谐的一位先生，有一次他从巨大的口袋里一连掏出了七八支的烟斗，大的小的长的短的，各种颜色的，叫我们好笑。他进来就问麦雷，迦赛林今天怎样，我竖了耳朵听他的回答。麦雷说“她今天不下楼了，天气太坏，谁都不受用……”华德鲁先生就问他可否上楼去看她，麦说可以的。华又问了密司B的允许站了起来，他正要走出门，麦雷又赶过去轻轻地说："Sydney，Don't talk too much！"

楼上微微听得步响，W已在迦赛林房中了。一面又来了两个客，一个短的M才从游希腊回来，一个轩昂的美丈夫，就是London Nation and Athenaeum里每周做科学文章署名S的Sullivan。M就讲他游历希腊的情形，尽背着古希腊的史迹名胜，Parnassus长，Mycenae短，讲个不住。S也问麦雷迦赛林如何，麦雷说今晚不下楼，W现在楼上。过了半点钟模样，W笨重的足音下来了，S问他迦赛林倦了没有，W说："不，不像倦，可是我也说不上，我怕她累，所以我下来了。"再等一歇，S也问了麦雷的允许上楼去，麦也照样叮咛他不要让她乏了。麦问我中国的书画，我乘便就拿那晚带去的一幅赵之谦的"草书法画梅"，一幅王觉斯的草书，一幅梁山舟的行书，打开给他们看，讲了些书法大意，密司B听得高兴，手捧着她的听盘，挨近我身旁坐着。

但我那时心里却颇觉失望，因为冒着雨存心要来一会Bliss的作者，偏偏她不下楼，同时W，S，麦雷的烘云托月，又增了我对她的好奇心。我想运气不好，迦赛林在楼上，老朋友还有进房去谈的特权，我外国人的生客，一定是没有份的了。时已十时过半了，我只得起身告别，走出房门，麦雷陪出来帮我穿雨衣。我一面穿衣，一面说我很抱歉，今晚密司曼殊斐尔不能下来，否则我是很想望会她一面的，不意麦雷竟很诚恳地说：“如其你不介意，不妨请上楼去一见。”我听了这话喜出望外，立即将雨衣脱下，跟着麦雷一步一步地走上楼梯……

上了楼梯，叩门，进房，介绍，S 告辞，和 M 一同出房，关门，她请我坐下，我坐下，她也坐下……这么一大串繁复的手续，我只觉得是像电火似的一扯过，其实我只推想应有这么些的经过，却并不曾觉到：当时只觉得一阵模糊。事后每次回想也只觉得是一阵模糊，我们平常从黑暗的街上走进一间灯烛辉煌的屋子，或是从光薄的屋子里出来骤然对着盛烈的阳光，往往觉得耀光太强，头晕目眩的，得定一定神，方能辨认眼前的事物。用英文说就是 Senses overwhelmed by excessive light；不仅是光，浓烈的颜色有时也有“潮没”官觉的效能。我想我那时，虽不定是被曼殊斐尔人格的烈光所潮没，她房里的灯光陈设以及她自身衣饰种种各品浓艳灿烂的颜色，已够使我不预防的神经，感觉刹那间的淆惑，那是很可理解的。

她的房给我的印象并不清切，因为她和我谈话时，不容我去认记房中的布置，我只知道房是很小，一张大床差不多就占了全房大部分的地位，壁是用画纸裱的，挂着好几幅油画，大概也是主人画的。她和我同坐在床左贴壁一张沙发榻上，因为我斜倚她正坐的缘故，她似乎比我高得多（在她面前哪一个不是低的，真是！）。我疑心那两盏电灯是用红色罩的，否则何以我想起那房，便联想起“红烛高烧”的景象？但背景究属不甚重要，重要的是给我最纯粹的美感的——The purest aesthetic feeling——她，是使我使用上帝给我那把进天国的秘钥的——她，是使我灵魂的内府里，又增加了一部宝藏的——她，但要用不驯服的文字来描写那晚的她！不要说显示她人格的精华，就是单只忠实地表现我当时的单纯感象，恐怕就够难的了。从前一个人有一次做梦，进天堂去玩了，他异样的欢喜，明天一起身就到他朋友那里去，想描写他神妙不过的梦境。

但是，他站在朋友面前，结住舌头，一个字都说不出来，因为他要说的时候，才觉得他所学的在人间适用的字句，绝对不能表现他梦里所见天堂的景色，他气得从此不开口，后来抑郁而死。此时妄想用字来活现出一个曼殊斐尔，也差不多有同样的感觉，但我却宁可冒亵渎神灵的罪，免得像那位诚实君子活活地闷死。她的打扮与她的朋友 B 女士相像：也是烁亮的漆皮鞋，闪色的绿丝袜，枣红丝绒的围裙，嫩黄薄绸的上衣，领口是尖开的，胸前挂着一串细珍珠，袖口只齐及肘弯。她的发是黑的，也同密司 B 一样剪短的，但她栉发的样式，却是我在欧美从没有见过的。我疑心她是有心仿效中国式，因为她的发不但纯黑，而且直而不卷，整整齐齐的一圈，前面像我们十余年前的“刘海”，梳得光滑异常；我虽则说不出所以然，但觉得她发之美也是生平所仅见。

至于她眉目口鼻之清之秀之明净，我其实不能传神于万一，仿佛你对着自然界的杰作，不论是秋水洗净的湖山，霞彩纷披的夕照，或是南洋莹澈的星空，你只觉得他们整体的美，纯粹的美，完全的美，不能分析的美，可感不可说的美。你仿佛直接无碍地领会了造化最高明的意志，你在最伟大深刻的戟刺中经验了无限的欢喜，在更大的人格中解化了你的性灵。我看了曼殊斐尔像印度最纯澈的碧玉似的容貌，受着她充满了灵魂的电流的凝视，感着她最和软的春风似的神态，所得的总量我只能称之为一整个的美感。她仿佛是个透明体，你只感讶她粹极的灵澈性，却看不见一些杂质。就是她一身的艳服，如其别人穿着，也许会引起琐碎的批评，但在她身上，你只是觉得妥帖，像牡丹的绿叶，只是不可少的衬托，汤林生（H.M. Tomlingson 她生前的一个好友），以阿尔帕斯山岭万古不融的雪，来比拟她清极超俗的美，我以为很有意味的。她说——

"曼殊斐尔以美称，然美固未足以状其真，世以可人为美，曼殊斐尔固可人矣，然何其脱尽尘寰气，一若高山琼雪，清澈重霄，其美可惊，而其凉亦可感。艳阳被雪，幻成异彩，亦明明可识，然亦似神境在远，不隶人间。曼殊斐尔肌肤明皙如纯牙，其官之秀，其目之黑，其颊之腴，其约发环整如髹，其神态之闲静，有华族粲者之明粹，而无西艳伉杰之容；其躯体尤苗约，绰如也，若明蜡之静焰，若晨星之淡妙，就语者未尝不自讶其吐息之重浊，而虑是静且淡者之且神化……”

汤林生又说她锐敏的目光，似乎直接透入你的灵府深处，将你所蕴藏的秘密，一齐照彻，所以他说她有鬼气，有仙气。她对着你看，不是见你的面之表，而是见你心之底，但她却不是侦刺你的内蕴，不是有目的地搜罗而只是同情的体贴。你在她面前，自然会感觉对她无缜密的必要；你不说她也有数，你说了她不会惊讶。她不会责备，她不会怂恿，她不会奖赞，她不会代你出什么物质利益的主意，她只是默默地听，听完了然后对你讲她自己超于善恶的见解——真理。

这一段从长期的交谊中出来深入的话，我与她仅仅一二十分钟的接近当然不会体会到，但我敢说从她神灵的目光里推测起来，这几句话不但是可能，而且是极近情的。

所以我那晚和她同坐在蓝丝绒的榻上，幽静的灯光，轻笼住她美妙的全体，我像受了催眠似的，只是痴对她神灵的妙眼，一任她利剑似的光波，妙乐似的音浪，狂潮骤雨似的向我灵府泼淹。我那时即使有自觉的感觉，也只似开茨（Keats）听鹃啼时的：

My heart aches，and a drowsy numbness pains
My sense，as though of homlock I had drunk...
Tis not through envy of thy happy lot.
But being too happy in thy happiness···

曼殊斐尔的声音之美，又是一个 Miracle。一个个音符从她脆弱的声带里颤动出来，都在我习于尘俗的耳中，启示着一种神奇的异境，仿佛蔚蓝的天空中一颗一颗的明星先后涌现。像听音乐似的，虽则明明你一生从不曾听过，但你总觉得好像曾经闻到过的，也许在梦里，也许在前生。她的，不仅引起你听觉的美感，而竟似直达你的心灵底里，抚摩你蕴而不宣的苦痛，温和你半冷半僵的希望，洗涤你窒碍性灵的俗累，增加你精神快乐的情调，仿佛凑住你灵魂的耳畔私语你平日所冥想不到的仙界消息。我便此时回想，还不禁内动感激的悲慨，几于零泪，她是去了，她的音声笑貌也似蜃彩似的一翳不再，我只能学 Aft Vogler 之自慰，虔信：

Whose voice has gone forth, but each survives for the melodies when eternity affirms the conception of an hour....

Enough that he heard it once ; we shall hear it by and by & by.

曼殊斐尔，我前面说过，是病肺痨的，我见她时，正离她死不过半年，她那晚说话时，声音稍高，肺管中便如荻管似的呼呼作响，她每句语尾收顿时，总有些气促，颧颊间便也多添一层红润，我当时听出了她肺弱的音息，便觉得切心的难过。而同时她天才的兴奋，偏是逼迫她音度的提高，音愈高，肺嘶亦更咘咘，胸间的起伏，亦隐约可辨，可怜！我无奈何，只得将自己的声音特别地放低，希冀她也跟着放低些。果然很应效，她也放低了不少，但不久她又似内感思想的戟刺，重复节节的高引。最后我再也不忍因我而多耗她珍贵的精力，并且也记得麦雷再三叮嘱W与S的话，就辞了出来，总计我进房至出房——她站在房口送我——不过二十分的时间。

我与她所讲的话也很有意味，但大部分是她对于英国当时最风行的几个小说家的批评——例如Rebecca West，Romer Wilson，Hutchingson，Swinnerton等——恐怕因为一般人不稔悉，那类简约的评语不能引起相当的兴味所以从略。麦雷自己是现在英国中年的评衡家最有学有识的一人——他去年在牛津大学讲的“The problem of style”，有人誉为安诺德（Matthew Arnold）以后评衡界最重要的一部贡献——而他总常常推尊曼殊斐尔，说她是评衡的天才，有言必中肯的本能，所以我此刻要把她那晚随兴月旦的珠沫，略过不讲，很觉得有些可惜。她说她方才从瑞士回来，在那里和罗素夫妇寓处相距颇近，常常说起东方的好处，所以她原来对中国景仰，更一进而为爱慕的热忱。她说她最爱读Arthur Waley所翻的中国诗，她说那样的艺术在西方真是一个Wonderful Revelation，她说新近Amy

Lowell 译的很使她失望，她这里又用她爱用的短句 That's not the thing！她问我译过没有，她再三劝我应当试试，她以为中国诗只有中国人能译得好的。

她又问我是否也是写小说的，她又问中国顶喜欢契诃甫的哪几篇，译得怎么样，此外谁最有影响。

她问我最喜欢读哪几家小说，我说哈代、康德拉，她的眉稍耸了一耸笑道——

> Isn't it! we have to go back to the old masters for good literature— the real thing！

她问我回中国去打算怎么样，她希望我不进政治，她愤愤地说现代政治的世界，不论哪一国，只是一乱堆的残暴和罪恶。

后来说起她自己的著作。我说她的太是纯粹的艺术，恐怕一般人反而不认识，她说：

> That's just it. Then of course，popularity is never

the thing for us.

我说我以后也许有机会试翻她的小说，愿意先得作者本人的许可。她很高兴地说她当然愿意，就怕她的著作不值得翻译的劳力。

她盼望我早日回欧洲，将来如到瑞士再去找她，她说怎样的爱瑞士风景，琴妮湖怎样的妩媚，我那时就仿佛在湖心柔波间与她荡舟玩景：

Clear，placid leman！…

Thy soft murmuring Sounds sweet as if a Sister’s voice reproved.

That I with stern delights should ever have been so moved…

我当时就满口地答应，说将来回欧一定到瑞士去访她。

末了我恐怕她已经倦了，深恨与她相见之晚，但盼望将来还有再见的机会。她送我到房门口，与我很诚挚地握别。

将近一月前我得到曼殊斐尔已经在法国的芳丹卜罗去世。这一篇文字，我早已想写出来，但始终为笔懒，延到如今，岂知如今却变了她的祭文了！